LA PRIMERA DETECTIVE DE BOTSUANA

Alexander McCall Smith

La primera detective de Botsuana

Traducción de
Marta Torent López de Lamadrid

áfrica
áfrica áfrica
áfrica áfrica áfrica
áfrica áfrica
áfrica

Argentina • Chile • Colombia • España
Estados Unidos • México • Uruguay • Venezuela

Título original: *The No.1 Ladies' Detective Agency*
Editor original: Polygon, Edinburgo
Traducción: Marta Torent López de Lamadrid

© 1998 *by* Alexander McCall Smith
© de la traducción, 2003 *by* Marta Torent López de Lamadrid
© 2003 *by* Ediciones Urano, S. A.
   Aribau, 142, pral. - 08036 Barcelona
   www.umbrieleditores.com

ISBN: 84-95618-38-9
Depósito legal: B. 96 - 2003

Fotocomposición: Ediciones Urano, S. A.
Impreso por Romanyà Valls, S. A. - Verdaguer, 1 - 08760 Capellades (Barcelona)

Impreso en España - *Printed in Spain*

Este libro está dedicado a
Anne Gordon-Gillies, de Escocia,
y a
Joe y Mimi McKnight,
de Dallas, Texas

1

Papaíto

Mma* Ramotswe era propietaria de una agencia de detectives en
África, al pie del monte Kgale. Contaba con una pequeña furgoneta
blanca, dos mesas, dos sillas, un teléfono y una vieja máquina de escribir. Mma Ramotswe, la primera —y única— detective privada de
Botsuana, tenía, además, una tetera en la que preparaba té de rooibos.** Y tres tazas, una para ella, una para la secretaria y otra para el
cliente. ¿Qué más se necesita en una agencia de detectives? Las agen-
cias de detectives se basan en la intuición y en la inteligencia, dos cosas que a mma Ramotswe no le faltaban, pero que, naturalmente, no
podían incluirse en ningún inventario.

Pero tampoco el panorama podía aparecer en un inventario.
¿Cómo se iba a describir en una lista de esas características la vista
que se contemplaba desde la puerta de la agencia? Enfrente, una acacia, árbol que crece en las lindes del Kalahari, cuyas grandes y ame-

---

* Mmagosi o mma, es tratamiento de respeto en setsuana para la mujer. La
palabra correspondiente para el hombre es rra. *(N. de la T.)*
** Rooibos: Arbusto rojo que crece exclusivamente en Sudáfrica, donde
encuentra las condiciones ideales para su óptimo desarrollo, mucho sol y
poca lluvia. Al no contener teína ni cafeína tiene efectos relajantes sobre el
sistema nervioso central y sirve para tratar alergias y afecciones cutáneas.
(N. de la T.)

nazantes espinas blancas, contrastan con las tiernas hojas verde aceituna. En sus ramas, al caer la tarde o en el frescor del amanecer, se podía ver, o mejor dicho oír, a algún vistoso turaco. Y más allá de la acacia y de la calle polvorienta, los tejados de la ciudad bajo un manto de árboles y arbustos salvajes; y recortándose contra el horizonte, cual espejismo azul producto del calor, las colinas parecían irreales e inmensos túmulos de termitas.

Todos la llamaban mma Ramotswe, aunque si la gente hubiese querido ser más formal, se habrían dirigido a ella como mme mma Ramotswe. Éste hubiera sido el tratamiento apropiado para una persona de rango, pero ella nunca quiso hacer uso de él. De modo que siempre la llamaban mma Ramotswe, más que Precious Ramotswe, nombre por el que muy poca gente la conocía.

Era una buena detective, y una buena persona. Podría decirse que era una buena mujer en un buen país. Amaba su país, Botsuana, remanso de paz, y amaba África, que tanto sufría. «No me da vergüenza que digan que soy una patriota africana —decía mma Ramotswe—. Quiero a todas las personas que Dios ha creado, pero sobre todo sé amar a quienes viven aquí. Son mi gente, mis hermanos y hermanas. Tengo el deber de ayudarles a resolver los misterios de sus vidas. Es mi destino.»

En sus ratos libres, a falta de asuntos urgentes que tratar, y cuando todo el mundo estaba medio dormido por el calor, se sentaba bajo la acacia. Aunque el lugar era polvoriento, y a veces las gallinas se le acercaban y le picoteaban los pies, era propicio para la reflexión. Era en este rincón donde mma Ramotswe daba vueltas en su cabeza a aquellos asuntos que no podía atender con el ajetreo cotidiano.

«Todo —pensaba mma Ramotswe— evoluciona. Aquí estoy yo, la única mujer detective de toda Botsuana, sentada frente a mi agencia de detectives. Pero hace tan sólo unos años la agencia de detectives no existía, y antes de eso, antes incluso de que hubiera edificios, no había más que acacias y, a lo lejos, el río, muy cerca del desierto de Kalahari.

»Por aquel entonces Botsuana no se conocía como tal, era el Protectorado de Bechuanalandia, e incluso antes de eso estuvo gobernado por Khama, y el viento seco sacudía las melenas de los leones. Y fíjate ahora: una agencia de detectives, aquí en Gaborone, y yo, la detective gorda, aquí fuera sentada pensando en cómo lo que hoy es una cosa mañana se habrá convertido en otra diferente.»

Mma Ramotswe montó la Primera Agencia Femenina de Detectives con los beneficios obtenidos de la venta del ganado vacuno de su padre. Éste había sido propietario de una gran vacada y no tenía más hijos; por lo que todas las reses, las ciento ochenta que había, incluidas las brahman* blancas, a cuyos abuelos había criado su propio padre, las heredó ella. Sacaron el ganado de los corrales y lo llevaron a Mochudi, donde esperó, en medio de polvaredas y vigilado por los parlanchines vaqueros, a que llegara el comprador.

Como ese año había llovido mucho y el pasto había sido abundante, acordaron un buen precio. Si se hubiera vendido el año anterior, cuando la mayoría de esa parte del sur de África había sido asolada por la sequía, la cosa habría sido distinta. Aquel año, ante la duda, mucha gente se había aferrado a su ganado, porque no tener reses equivalía a no tener nada; otros, más desesperados, lo habían vendido porque cada año que pasaba las lluvias eran más escasas y los animales no paraban de adelgazar. Mma Ramotswe dio gracias de que la enfermedad le hubiera impedido a su padre tomar cualquier decisión, ya que ahora los precios habían subido y había una recompensa para aquellos que habían sabido esperar.

—Quiero que tengas tu propio negocio —le dijo su padre en el lecho de muerte—. Ahora el ganado se está pagando bastante bien. Véndelo y monta un negocio. Una carnicería no sería mala idea. O una licorería. Lo que tú quieras.

Cogió a su padre de la mano y miró a los ojos al hombre que más había querido, a su papaíto, su sabio papaíto, que siempre había pasado estrecheces para darle a ella lo mejor y cuyos pulmones se habían llenado de polvo en las minas.

Las lágrimas le dificultaban el habla, pero alcanzó a decir:

—Voy a montar una agencia de detectives en Gaborone. Será la mejor de Botsuana. La mejor.

* Brahman: Raza de ganado derivada del cebú, mamífero bovino de África e India, parecido a un toro, con una o dos gibas de grasa sobre el lomo. *(N. de la T.)*

Su padre abrió los ojos de par en par y se esforzó por hablar:

—Pero... pero...

Sin embargo, murió antes de que pudiera añadir nada más, y mma Ramotswe se dejó caer sobre su pecho y lloró por toda la dignidad, el amor y el sufrimiento que morían con él.

Encargó un letrero, pintado de vivos colores, que colocó junto a la carretera de Lobatsi, a la entrada de la ciudad, y que señalaba en dirección de la casa que acababa de adquirir: PRIMERA AGENCIA FEMENINA DE DETECTIVES. NOS OCUPAMOS DE TODO TIPO DE ASUNTOS CONFIDENCIALES. SATISFACCIÓN GARANTIZADA PARA AMBAS PARTES. ATENCIÓN PERSONAL.

La apertura de la agencia despertó un gran interés público. Concedió una entrevista a Radio Botsuana, en la que sintió que la presionaban de modo bastante grosero para que demostrara sus aptitudes. Y apareció un artículo sin duda más satisfactorio en *The Botswana News,* que subrayaba que era la única detective privada del país. Mma Ramotswe recortó el artículo, lo fotocopió y lo colgó muy a la vista en un pequeño tablón junto a la puerta de la agencia.

Tras los lentos comienzos, se sorprendió bastante de que hubiera tanta demanda de sus servicios. La consultaban sobre maridos desaparecidos, acerca de la solvencia de socios potenciales y cuando un patrón sospechaba que algún empleado cometía fraude. En casi todos los casos, mma Ramotswe fue capaz por lo menos de conseguir cierta información para el cliente; de lo contrario, renunciaba a sus honorarios, por lo que, teóricamente, ninguna de las personas que acudía a ella tenía motivos para quedar descontenta. Descubrió que a los habitantes de Botsuana les encantaba hablar, y sólo con hacer alusión al hecho de que era detective privada, obtenía información a raudales sobre cualquier tema. Llegó a la conclusión de que la gente se sentía a gusto con un detective privado, cosa que, en efecto, los hacía hablar, irse de la lengua. Eso es lo que ocurrió con Happy Bapetsi, una de sus primeras clientas. ¡Pobre Happy! Perder a un padre, encontrarle, y luego volverle a perder...

◆ ◆ ◆

—Yo era feliz —explicó Happy Bapetsi—, muy feliz. Entonces sucedió lo que sucedió y dejé de serlo.

Mma Ramotswe observó a su clienta mientras tomaba un sorbo de té. En su opinión, en la cara estaba escrito todo lo que uno quisiera saber de una persona. No es que fuera de aquellos que concedían mucha importancia al tamaño de la cabeza, aunque muchos siguieran aferrándose a esa creencia; se trataba más bien de escudriñar las arrugas y el aspecto en general. Y los ojos, por supuesto; los ojos eran muy importantes. Los ojos permitían ver el interior de alguien, penetrar en lo más profundo de su ser, y por eso la gente que tenía algo que esconder llevaba las gafas de sol siempre puestas. Con esa gente había que andar con ojo, valga la redundancia.

Que Happy Bapetsi era muy inteligente saltaba a la vista. Tenía muy pocas preocupaciones; lo indicaba el hecho de que no tuviera arrugas en la cara, aparte, naturalmente, de las producidas al sonreír. De modo que tenía que tratarse de algún hombre, pensó mma Ramotswe. Algún hombre cuya aparición lo hubiera echado todo a perder, arruinando su felicidad con su mal comportamiento.

—Primero le hablaré un poco de mi vida —dijo Happy Bapetsi—. Verá, soy de Maun, un pueblo del delta del Okavango. Mi madre tenía una pequeña tienda y vivíamos juntas en la casa que había detrás de la tienda. Teníamos un montón de gallinas y éramos muy felices.

»Mi madre me explicó que mi padre nos había abandonado hacía mucho tiempo, siendo yo todavía bebé. Se había ido a trabajar a Bulawayo, en el vecino Zimbabue, y nunca volvió. Alguien nos escribió (otro motsuana que vivía allí) diciendo que creía que mi padre estaba muerto, pero que no estaba seguro. Contaba que un día había ido al Hospital Mpilo a visitar a alguien, y que iba caminando por un pasillo cuando vio que sacaban en camilla a una persona muerta y que esa persona era casi idéntica a mi padre. Pero no estaba seguro.

»Así que decidimos que probablemente estaría muerto, pero a mi madre no le importó demasiado porque mi padre nunca había sido santo de su devoción, que digamos. Y yo, lógicamente, ni siquiera me acordaba de él, por lo que no noté mucha diferencia.

»En Maun fui a un colegio dirigido por misioneros católicos. Uno de ellos descubrió que la aritmética se me daba bastante bien y se pasó horas ayudándome. Decía que nunca había conocido a una niña que supiera contar tan bien.

»Supongo que era muy raro. Recordaba cada conjunto de cifras que veía. Después descubría que había hecho mentalmente la operación de sumar sin darme cuenta. Era así de sencillo; no me costaba ningún esfuerzo.

»Sacaba muy buenas notas en los exámenes, y cada día, al acabar el colegio, me iba a Gaborone a aprender contabilidad. Eso también me resultó fácil; me bastaba con mirar una hoja llena de números para entenderla. Al día siguiente era capaz de recordarlos todos y hasta de escribirlos, si era necesario.

»Conseguí un trabajo en el banco y los ascensos llegaron uno tras otro. Ahora soy la mejor ayudante de contabilidad, y no creo que pueda subir más porque a todos los hombres les inquieta poder parecer estúpidos a mi lado. Pero no me importa. Tengo un buen sueldo y salgo de trabajar a las tres de la tarde, a veces antes. Entonces me voy de compras. Tengo una casa muy bonita con cuatro habitaciones y soy muy feliz. Haber conseguido todo esto a los treinta y ocho años creo que no está nada mal.

Mma Ramotswe sonrió.

—Me parece todo muy interesante. Tiene razón. Lo ha hecho muy bien.

—Soy muy afortunada —afirmó Happy Bapetsi—. Pero entonces sucedió. Un día mi padre se presentó en mi casa.

Mma Ramotswe suspiró. No era eso lo que había esperado oír; había pensado que se trataría de un problema con un novio. Un padre era harina de otro costal.

—Sencillamente se presentó en mi casa —prosiguió Happy Bapetsi—. Era un sábado por la tarde y yo estaba echada en la cama descansando cuando oí que llamaban a la puerta. Me levanté, fui a abrir, y ahí estaba él, un hombre de unos sesenta años, con el sombrero entre las manos. Me dijo que era mi padre y que había estado viviendo en Bulawayo muchos años, pero que ahora había vuelto a Botsuana y había venido a verme.

»Imagínese mi sorpresa. Tuve que sentarme; de lo contrario, creo que me habría desmayado. Mientras tanto, él empezó a hablar. Sabía cómo se llamaba mi madre y me dijo que sentía no haber dado señales de vida antes. Luego, como no tenía adónde ir, me preguntó si podía instalarse en alguna de las habitaciones libres.

»Le dije que por supuesto que sí. En cierto modo estaba encantada de verle, y pensé que sería bueno recuperar el tiempo perdido y tenerle en casa conmigo, sobre todo ahora que mi pobre madre había muerto. Así que le preparé la cama de uno de los cuartos y le cociné un buen plato de bistec con patatas, que se comió en un santiamén. Al acabar, se sirvió otro plato.

»Esto sucedió hará unos tres meses. Desde entonces ocupa la habitación y yo no paro de trabajar para él. Le preparo el desayuno, le dejo la comida hecha, y por la noche le cocino la cena. Le compro una botella de cerveza diaria, y también le he comprado algo de ropa y un par de buenos zapatos. Se pasa el día sentado en la silla del porche dándome órdenes.

—Muchos hombres son así —la interrumpió mma Ramotswe.

Happy Bapetsi asintió con la cabeza.

—Éste especialmente. No ha lavado un solo cacharro de cocina desde que llegó, y ya estoy harta de ir detrás de él. Además, se compra vitaminas y esa carne desecada llamada *biltong* con mi dinero.

»No me molesta que lo haga, pero es que creo que no es mi verdadero padre. No tengo forma de demostrarlo, pero juraría que este hombre es un impostor y que oyó a mi verdadero padre hablar de nosotros antes de morir y ahora se hace pasar por él. Me da la impresión de que estaba buscando una casa donde pasar la vejez y está feliz de haberla encontrado.

Mma Ramotswe se sorprendió a sí misma mirando boquiabierta a Happy Bapetsi. No cabía la menor duda de que lo que contaba era verdad; lo que la asombraba era el descaro, el descaro insolente y absoluto de los hombres. ¡Cómo se atreve ese tipo a presentarse en casa de esta mujer y aprovecharse de su bondad! ¡Menudo cara dura, menudo impostor! ¡Vaya robo!

—¿Me ayudará? —preguntó Happy Bapetsi—. ¿Averiguará si

este hombre es o no es mi verdadero padre? Si lo es, seré una buena hija y cargaré con él. Si no, preferiría que se fuese a otra parte.

Mma Ramotswe no se lo pensó dos veces.

—Lo averiguaré —respondió—. Puede que tarde uno o dos días, pero ¡lo averiguaré!

Evidentemente fue más fácil decirlo que hacerlo. Los análisis de sangre eran algo común, pero dudaba mucho que este hombre accediera a hacerse uno. No, tendría que intentar algo más sutil, algo que, sin sombra de duda, demostrara si era su padre o no. De pronto lo supo. ¡Sí! Había algo bíblico en esta historia. ¿Qué habría hecho Salomón?, se preguntó.

Mma Ramotswe se puso el uniforme de enfermera de su amiga la hermana Gogwe. Le iba un poco apretado, especialmente en los brazos, porque la hermana Gogwe, pese a ser entrada en carnes, estaba ligeramente más delgada que mma Ramotswe. Pero una vez enfundada en el uniforme, y tras ponerse el reloj, era la viva estampa de una monja enfermera del Hospital Princess Marina. Era un buen disfraz, pensó, y decidió tenerlo en cuenta para usarlo en lo sucesivo.

De camino hacia casa de Happy Bapetsi en su pequeña furgoneta blanca, mma Ramotswe reflexionó en lo mucho que podía llegar a condicionar a la gente la tradición africana de ayudar a la familia. Conocía a un hombre, un sargento de policía, que mantenía a un tío, a dos tías y a una prima segunda. Los que creían en la antigua moralidad setsuana no podían volverle la espalda a un familiar. Había mucho que decir a favor de esta tradición. Pero, a su vez, eso significaba que los caraduras y los parásitos actuaban con más facilidad allí que en cualquier otra parte. Ésa era la gente que arruinaba el sistema, pensó mma Ramotswe, la que desprestigiaba las viejas costumbres.

Al aproximarse a la casa, aceleró. A fin de cuentas, se trataba de un caso de emergencia, y si el hombre estaba fuera sentado en su silla, la vería llegar en una nube de polvo. Como era de esperar, el padre estaba allí, disfrutando del sol matutino, y cuando vio la furgoneta blanca se irguió en la silla. Mma Ramotswe apagó el motor, salió del vehículo y corrió hasta la casa.

—*Dumela,** rra. —le saludó de inmediato—. ¿Es usted el padre de Happy Bapetsi?

El padre se levantó.

—Sí —respondió con orgullo—. Soy yo.

Mma Ramotswe resoplaba como si intentara recobrar el aliento.

—Lamento tener que comunicarle que ha habido un accidente. Han atropellado a Happy y está muy grave en el hospital. Aún no ha salido del quirófano.

El padre gimió:

—¡No! ¡Mi hija! ¡Mi pequeña Happy!

«¡Qué buen actor! —dijo para sí mma Ramotswe—, a menos que...» No, prefería confiar en la intuición de Happy Bapetsi. Una niña reconocería a su padre incluso aunque no le hubiera visto desde la cuna.

—Sí —continuó mma Ramotswe—. Es una lástima. Está muy, muy grave. Y necesitamos una gran cantidad de sangre para que recupere la que ha perdido.

El padre frunció el ceño.

—Pues que se la den. Que le den la que haga falta. Pagaré lo que sea.

—No se trata de dinero —repuso mma Ramotswe—. La sangre es gratis. Pero no tenemos la del tipo adecuado. Necesitamos la de algún familiar y usted es el único que hay. Tenemos que sacarle sangre.

El padre se sentó pesadamente en la silla.

—Ya soy muy viejo.

Mma Ramotswe tuvo el presentimiento de que aquello funcionaría. Sí, ese hombre era un impostor.

—Precisamente por eso se lo estamos pidiendo —repuso ella—. Porque Happy necesita tanta sangre, que tendrá que donar la mitad de la suya. Y eso es muy peligroso. De hecho, podría morir.

El padre se quedó literalmente boquiabierto.

—¿Morir?

—Sí —respondió mma Ramotswe—. Pero usted es su padre y sabemos que haría lo que fuera por su hija. Si no nos damos pri-

---

* Hola, en setsuana. (*N. de la T.*)

sa, será demasiado tarde. El doctor Moghile nos está esperando.

El padre abrió la boca y luego la volvió a cerrar.

—Vamos —ordenó mma Ramotswe, alargando el brazo y cogiendo al padre de la muñeca—. Le ayudaré a subirse al coche.

El padre se puso de pie y quiso sentarse de nuevo. Mma Ramotswe le estiró del brazo.

—No —dijo él—. No quiero ir.

—Tiene que hacerlo, señor —insistió mma Ramotswe—. Venga, vamos.

El padre cabeceó.

—No —repitió con un hilo de voz—. No iré. Es que, verá, no soy su verdadero padre. Ha habido una confusión.

Mma Ramotswe le soltó el brazo. Entonces cruzó los suyos, se puso delante de él y le espetó:

—¡Así que usted no es su padre! ¡Bien! ¡Muy bien! Entonces, ¿se puede saber qué hace sentándose en esa silla y comiendo su comida? ¿Ha oído hablar del Código Penal de Botsuana? ¿Sabe lo que dice sobre gente como usted? ¿Lo sabe?

El falso padre clavó la vista en el suelo y sacudió la cabeza en señal de negación.

—Está bien —continuó mma Ramotswe—. Entre en la casa y recoja sus cosas. Le doy cinco minutos. Luego le llevaré a la estación y le meteré en un autobús. ¿Dónde vive en realidad?

—En Lobatsi —contestó el impostor—. Pero no me gusta vivir allí.

—Hombre… —comentó mma Ramotswe—, si en lugar de quedarse sentado en una silla hiciera algo, es probable que le gustara un poco más. Aquél es un buen sitio para cultivar melones. No estaría mal para empezar, ¿no cree?

El hombre parecía abatido.

—¡Vaya por sus cosas! —le ordenó ella—. ¡Le quedan sólo cuatro minutos!

Cuando Happy Bapetsi regresó a su casa, el impostor ya se había marchado y su habitación estaba vacía. Leyó la nota que mma Ramotswe le había dejado encima de la mesa de la cocina. Después de leerla la sonrisa volvió a su rostro.

«Al final resultó que no era su padre. Lo he descubierto de la mejor manera posible. Conseguí que me lo dijera él mismo. Tal vez encuentre algún día a su verdadero padre. Tal vez no. Pero, mientras tanto, podrá volver a ser feliz.»

2

Hace muchos años

«Nosotros no olvidamos —pensó mma Ramotswe—. Es posible que nuestras cabezas sean pequeñas, pero están tan llenas de recuerdos como el cielo lo está a veces de enjambres de abejas, miles y miles de recuerdos, de olores, de lugares, de cosas insignificantes que nos ocurrieron y que vuelven a nosotros, inesperadamente, para recordarnos quiénes somos. ¿Quién soy yo? Soy Precious Ramotswe, ciudadana de Botsuana, hija de Obed Ramotswe, que murió porque había sido minero y ya no podía respirar. No hay una crónica de su vida; ¿quién se ocupa de escribir las vidas de la gente anónima?»

Me llamo Obed Ramotswe y nací cerca de Mahalapye en 1930. Mahalapye está a medio camino entre Gaborone y Francistown, en esa carretera que parece no acabarse nunca. Claro que por aquel entonces era una pista de tierra y que la vía férrea era mucho más importante. El ferrocarril venía desde Bulawayo, entraba en Botsuana por Plumtree y se dirigía hacia el sur por el extremo oriental del país hasta Mafikeng, al otro lado de la frontera.

De pequeño solía observar los trenes que pasaban por el pueblo. Exhalaban enormes nubes de vapor, y unos a otros nos retábamos a correr lo más cerca posible de ellos. Los fogoneros nos gritaban, y el jefe de estación hacía sonar el pito, pero nunca lograron deshacerse de nosotros. Nos escondíamos detrás de las plantas y las cajas y de pronto salíamos corriendo para pedir dinero a los que viajaban tras las ventanas cerradas del tren. Los blancos, que parecían fantasmas, nos miraban desde dentro y en ocasiones nos tiraban un penique de Rhodesia (grandes monedas de cobre con un agujero en medio) o, si teníamos suerte, una diminuta moneda de plata que llamábamos *tickey* y con la que podíamos comprar una lata pequeña de almíbar.

Mahalapye era una ciudad salpicada de chozas construidas con adobes marrones secados al sol y unos cuantos edificios con tejados de cinc. Estos últimos eran propiedad del Gobierno o de los Ferrocarriles, y para nosotros simbolizaban un lujo lejano e inalcanzable. Había un colegio dirigido por un viejo cura anglicano y una mujer blanca con la cara medio destrozada por el sol. Los dos hablaban en setsuana, cosa inusual, pero nos enseñaban en inglés, insistiendo, a base de palizas, en que dejáramos nuestra propia lengua para el recreo.

Al otro lado de la carretera empezaba la llanura que se extendía hasta el Kalahari. El paisaje era monótono, abundaban las acacias, en cuyas ramas se posaban los cálaos y revoloteaban los molopes, con sus aleteos y sus largas plumas traseras. Era un mundo que parecía interminable, y me parece que eso es lo que hacía de África un lugar tan singular en aquella época. No se acababa nunca. Un hombre podía caminar o montar a caballo eternamente sin llegar nunca a ningún sitio.

Ahora tengo sesenta años y no creo que Dios quiera que viva mucho más tiempo. Quizá me queden unos cuantos años, pero lo dudo; el doctor Moffat me auscultó el pecho en el Hospital Holandés Reformado de Mochudi. Eso le bastó para adivinar que había sido minero, y sacudió la cabeza y me dijo que las minas tenían muchas formas de herir a un hombre. Mientras hablaba, me vino a la memoria una canción que solían cantar los mineros de Sotho. Decía así: «Las minas devoran a los hombres. Aunque las abandones, las minas te seguirán devorando». Todos sabíamos que era cierto. Podías morir aplastado por el desprendimiento de una roca, o años después, cuando el descenso a las minas ya no era más que un recuerdo, o incluso una pesadilla que te visitaba por las noches. Las minas volvían para pasarte factura, que es lo que me estaba ocurriendo a mí. Por eso no me sorprendió lo que me dijo el doctor Moffat.

Hay gente que no está preparada para este tipo de noticias. Se creen que son inmortales, y lloran y se lamentan al darse cuenta de que se acerca su hora. A mí no me pasa eso, y cuando el doctor me comunicó la noticia, no lloré. Por lo único que lamento morirme es por tener que abandonar África. Amo África, que es mi madre y mi padre. Cuando me haya muerto, echaré de menos el olor de África; porque dicen que adonde vamos, esté donde esté, no hay ni gusto ni olfato.

No es que esté diciendo que soy un hombre valiente, que no lo soy, pero la verdad es que lo que me ha dicho el doctor no me preocupa. Cuando repaso mis sesenta años de vida, pienso en todo lo que he visto, y en que empecé sin nada y he llegado a tener casi doscientas cabezas de ganado vacuno. Y tengo una buena hija, una hija leal, que cuida bien de mí y me prepara un té mientras yo me siento al sol y contemplo las colinas del horizonte. Vistas de lejos, las colinas son azules; como todo lo que se ve de lejos en este país. Con Angola y Namibia entre nosotros y la costa estamos lejos del mar, y, sin embargo, nos envuelve este inmenso y vacío océano azul. Ningún navegante podría sentirse más solo que un hombre en medio de nuestra tierra, con estos kilómetros infinitos de azul que nos rodean.

Nunca he visto el mar, aunque un hombre que trabajaba conmigo en las minas me invitó una vez a su casa, en Zululandia. Me contó que había colinas verdes que llegaban hasta el océano Índico, y que desde su casa se veían los barcos en el horizonte. Me dijo que las mujeres de su pueblo hacían la mejor cerveza del país, y que allí un hombre podía pasarse años sentado al sol sin hacer nada más que procrear y beber cerveza de maíz. Me dijo que si iba con él, a lo mejor podría conseguirme una mujer, y que ellos pasarían por alto el hecho de que yo no era un zulú, siempre y cuando estuviera dispuesto a pagar al padre el suficiente dinero por su hija.

Pero ¿por qué iba yo a querer irme a Zululandia? ¿Por qué iba a querer otra cosa que no fuera vivir en Botsuana y casarme con una chica tsuana? Le expliqué que Zululandia me parecía muy interesante, pero que cada hombre tiene en su corazón un mapa de su propio país y que el corazón nunca te permite olvidar este mapa. Le comenté que en Botsuana no teníamos las colinas verdes que había en su país, ni el mar, pero que teníamos el Kalahari, y que la tierra se extendía hasta más allá de lo imaginable. Le dije que si un hombre nace en tierras áridas, aunque sueñe con la lluvia, no querrá que llueva mucho ni le importará que el sol caiga a plomo. De modo que ni me fui con él a Zululandia ni vi nunca el mar. Pero esto no me ha hecho infeliz, ni una sola vez.

Y aquí estoy sentado, bastante cerca del final, pensando en todo lo que he vivido, aunque no pasa un solo día en que mi mente no piense en Dios y en cómo será la muerte. No es que me asuste, porque no me da miedo el dolor, y el dolor que siento es bastante soportable. Me dieron unas pastillas, grandes y blancas, y me dijeron que me las tomara si me dolía mucho el pecho. Pero las pastillas me dan sueño y prefiero estar despierto. Así puedo pensar en Dios y preguntarme qué me dirá cuando esté ante Él.

Algunos creen que Dios es un hombre blanco, idea que trajeron consigo los misioneros hace muchos años y que parece haberse grabado en la conciencia de la gente. Yo no creo que sea así porque no hay ninguna diferencia entre los blancos y los negros; todos somos iguales; somos simplemente personas. Y, además, Dios ya estaba aquí antes de la llegada de los misioneros. Por aquel entonces le llamábamos de otra manera, y no vivía donde los judíos, sino aquí, en África, en las rocas, en el cielo, en lugares donde sabíamos que le gustaba estar. Al morir, viajabas a otro sitio, y allí también estaba Dios, pero no te dejaba acercarte demasiado a Él. ¿Por qué iba a quererlo?

En Botsuana contamos siempre la historia de dos hermanos, un niño y una niña, a los que un torbellino llevó hasta el cielo, y vieron que éste estaba lleno de preciosas y blancas reses vacunas. Así es como me gusta imaginármelo, así espero que sea. Cuando me muera, espero verme rodeado de un ganado así, de respiración suave. Si eso es lo que me espera, entonces no me importa irme mañana, o incluso ahora, en este preciso instante. Aunque me gustaría despedirme de Precious y morirme sosteniendo su mano. Sería una bonita forma de irse.

◆ ◆ ◆

Amo nuestro país y me enorgullece ser un motsuana. Ningún otro país de África puede mantener la cabeza tan alta como nosotros. No tenemos ni jamás hemos tenido prisioneros políticos. Vivimos en democracia. Hemos sido precavidos. El Banco de Botsuana está lleno de dinero procedente de nuestros diamantes. No debemos nada.

Pero en el pasado las cosas no fueron tan bien. Antes de construir nuestro país tuvimos que irnos a Suráfrica a trabajar. Fuimos a las minas, como hizo la gente de Lesoto, de Mozambique, de Malaui y de todos esos países. Las minas se tragaban a nuestros hombres dejando en casa a niños y ancianos. Excavábamos en busca de oro y diamantes e hicimos que los hombres blancos se enriquecieran. Tenían coches y grandes casas amuralladas. Y nosotros excavábamos y extraíamos la roca sobre la que todo lo construían.

Me fui a las minas con dieciocho años. Por aquel entonces esta tierra era el Protectorado de Bechuanalandia, y los británicos gobernaban nuestro país para protegernos de los bóers (o eso nos decían). En Mafikeng, al otro lado de la frontera, en Suráfrica, había un Comisionado que a veces venía y les decía a los jefes: «Haced esto y aquello». Y todos los jefes obedecían porque sabían que de lo contrario serían destituidos. Pero algunos eran muy listos, y cuando los británicos les decían «Haced esto», ellos respondían «Sí, sí, señor, haré eso», pero a sus espaldas hacían siempre lo contrario o hacían ver que hacían algo. Por eso durante muchos años no pasó absolutamente nada. Era un buen sistema de gobierno, porque a la mayoría de la gente no le gustan los cambios. Ése es el problema de los Gobiernos de hoy en día. Quieren hacer cosas constantemente; están siempre muy ocupados pensando en qué es lo siguiente que pueden hacer. Y eso no es lo que la gente quiere. La gente quiere que se la deje en paz para poder cuidar de su ganado.

En aquel tiempo ya nos habíamos ido de Mahalapye y nos habíamos trasladado a Mochudi, donde vivía la familia de mi madre. Mochudi me gustaba, y me habría encantado quedarme allí, pero como sus tierras no daban lo suficiente para mantenernos a todos, mi padre decidió enviarme a las minas. No teníamos mucho ganado, y cultivábamos lo justo para pasar el año. De modo que cuando vino el camión de reclutamiento desde el país vecino, los fui a ver y me pesaron, me auscultaron y me hicieron subir y bajar una escalera durante diez minutos. Luego un hombre dijo que sería un buen minero y me hicieron escribir mi nombre en un papel. Me preguntaron cómo se llamaba mi jefe y si tenía antecedentes policiales. Eso fue todo.

Me fui al día siguiente en el camión. Tenía una maleta que mi padre me había comprado en la Tienda India y un único par de zapatos, pero llevaba una camisa y varios pantalones de recambio. Eso era todo lo que tenía, aparte de un poco de *biltong* que me había preparado mi madre. Puse la maleta en el camión, y entonces todas las familias que habían venido a despedirse empezaron a cantar. Las mujeres lloraban y nosotros nos despedíamos con la mano. Los jóvenes siempre intentan no llorar o parecer tristes, pero yo sabía que todos teníamos el corazón encogido.

Como entonces las carreteras estaban llenas de baches y si el camión iba demasiado rápido podía rompérsele un eje, tardamos doce horas en llegar a Johannesburgo. Atravesamos el Transvaal occidental, muertos de calor, metidos en el camión como sardinas en lata. Cada hora el conductor paraba y venía a la parte de atrás para repartir cantimploras con agua que se rellenaban en cada pueblo por el que pasábamos. Sólo podíamos tener la cantimplora entre las manos unos segundos, y en ese tiempo había que intentar beber la máxima agua posible. Quienes habían sido contratados por segunda o tercera vez ya iban preparados y llevaban botellas de agua que compartían cuando veían a alguien desesperado; al fin y al cabo, todos éramos batsuanos, y nadie dejaba sufrir a un motsuano.

Los mayores estaban mezclados con los más jóvenes. Nos dijeron que ahora que habíamos sido contratados en las minas, ya no éramos niños. Nos dijeron que en Johannesburgo veríamos cosas que superarían nuestra imaginación, y que si éramos débiles o estúpidos, o no trabajábamos a conciencia, en adelante nuestra vida no conocería más que el sufrimiento. Nos dijeron que veríamos crueldad y maldad, pero que si nos manteníamos junto a los demás batsuanos y hacíamos lo que los mayores nos ordenaban, sobreviviríamos. Pensé que exageraban. Recuerdo cómo los más jóvenes nos hablaban de las fases de iniciación por las que todos tendríamos que pasar y nos advertían de lo que nos esperaba. Nos dijeron todo esto para asustarnos, y la realidad fue bastante distinta. Pero esos hombres no mintieron. Lo que nos esperaba era exactamente lo que ellos habían vaticinado, o incluso peor.

En Johannesburgo tuvimos dos semanas de entrenamiento. Todos estábamos en bastante buena forma, pero no podían mandarnos a las minas hasta estar aún más fuertes. Así que nos llevaron a un edificio que habían calentado con vapor y nos hicieron subir y bajar de unos bancos durante cuatro horas diarias. Algunos hombres no resistieron y sufrieron un colapso, y tuvieron que sacarlos de allí a rastras, pero de algún modo yo sobreviví y pasé a la siguiente fase. Nos explicaron cómo nos bajarían a las minas y lo que querían que hiciéramos allí. Nos hablaron de seguridad y de cómo las rocas podían desprenderse y aplastarnos si no íbamos con cuidado. Trajeron a un hombre sin piernas, le pusieron sobre una mesa y nos hicieron escucharle mientras nos relataba lo que le había ocurrido.

Nos enseñaron funagalo, que es la lengua que utilizan bajo tierra para dar las órdenes. Es una lengua extraña. Los zulúes se ríen cuando la oyen porque está llena de palabras en zulú, pero no es zulú. Es una lengua idónea para dar órdenes a la gente. Hay muchas palabras para decir empujar, coger, meter, llevar, cargar, y ninguna para referirse al amor o la felicidad, o a los sonidos que emiten los pájaros al amanecer.

Después bajamos a los pozos y nos indicaron lo que debíamos hacer. Nos metieron en jaulas, bajo enormes poleas, que descendieron tan rápido como los halcones cuando se abalanzan sobre sus presas. Una vez allí nos metieron en trenes, trenes pequeños, y nos llevaron hasta el final de unas galerías largas y oscuras repletas de polvo y roca verde. Mi trabajo consistía en cargar la roca, previamente volada, durante siete horas al día. Me robustecí, pero no había más que polvo, polvo y más polvo.

Había minas más peligrosas que otras y todos sabíamos cuáles eran. En una mina segura casi nunca se ven camillas. En una peligrosa, aunque las camillas estén normalmente fuera, se ven hombres que son subidos en las jaulas gritando de dolor, o, peor aún, que están silenciosos bajo las gruesas mantas rojas. Todos sabíamos que la única manera de sobrevivir era formar parte de una cuadrilla cuyos hombres tuvieran lo que llamábamos «sentido de la roca»; algo que los buenos mineros poseían. Tenían que ser capaces de ver cómo estaba la roca (qué sentía) y determinar si necesitaba una nueva entibación. Si uno o dos hombres de cada cuadrilla no sabían esto, entonces daba igual lo buenos que fueran los demás. La roca se desplomaría y caería sobre los mineros, buenos y malos.

Otra cosa que influía en las probabilidades de supervivencia era el tipo de minero blanco que tuvieras. Los mineros blancos estaban a cargo de las cuadrillas, pero la mayoría de ellos tenía muy poco qué hacer. Si el grupo era bueno, el chico que hacía de jefe sabía perfectamente qué hacer y cómo hacerlo. Entonces el minero blanco fingía que daba las órdenes, aunque en el fondo sabía que era el chico el que se ocupaba de que el trabajo se realizara. Pero si el minero blanco era un estúpido, cosa muy habitual, trataba a su cuadrilla con demasiada dureza. Si consideraba que sus hombres no trabajaban con suficiente rapidez, les gritaba y les pegaba, y eso podía ser muy peligroso. Sin embargo, cuando una roca se desprendía, el minero blanco nunca estaba presente; estaba más atrás en el túnel con el resto de mineros blancos, esperando a que les avisáramos de que el trabajo había terminado.

No era de extrañar que un minero blanco golpeara a sus hombres si perdía los estribos. Estaba prohibido, pero los jefes de los turnos siempre hacían la vista gorda y les permitían que siguieran pegándoles; en cambio, a nosotros, por injustos que fueran los golpes, no se nos permitía defendernos. Si pegabas a un minero blanco, estabas acabado. La policía de la mina te esperaba a la salida del pozo y podías pasar uno o dos años en la cárcel.

Nos encerraban por separado, así es como operaban los hombres blancos. Los suazis estaban en un grupo, los zulúes en otro y los malauianos en otro. Y así sucesivamente. Cada uno estaba con su gente y tenía que obedecer al chico que hacía de jefe; de lo contrario, bastaba con que éste informara de que un hombre era problemático para que lo mandaran de vuelta a casa, u ordenaran a la policía que le pegaran hasta que recobrara la sensatez.

Todos temíamos a los zulúes, aunque mi amigo era un zulú bondadoso. Los zulúes se creían mejores que los demás y a veces nos llamaban maricas. Cuando había pelea, siempre estaban involucrados los zulúes o los basotos, nunca los botsuanos. A nosotros no nos gustaban las peleas. En una ocasión, un motsuano borracho entró por error un sábado por la noche en un hostal lleno de zulúes. Lo golpearon con látigos y lo dejaron tirado en la carretera para que lo atropellaran. Menos mal que un coche de policía lo vio y lo salvó porque, si no, habría muerto. Y todo por entrar en el hostal equivocado.

Trabajé muchos años en esas minas y ahorré todo el dinero. Había quien se lo gastaba en la ciudad, en mujeres, en bebida y en ropa cara. Yo no me compré nada, ni siquiera un gramófono. Envié el dinero al Standard Bank de mi pueblo y luego compré ganado. Cada año compraba unas cuantas vacas y se las daba a mi primo para que las cuidara. Las vacas tenían terneros, y poco a poco mi manada fue creciendo.

Supongo que si no hubiese presenciado aquello tan horrible, habría seguido en las minas. Cuando ocurrió aquello llevaba quince años allí. Ya me habían asignado un trabajo mucho mejor, de ayudante de barrenero. No nos daban permiso para la voladura, tarea que los blancos se reservaban para sí, pero me encargaron transportar los explosivos para un barrenero y ayudarle con las mechas. Era un buen trabajo, y el hombre para el que trabajaba me caía bien.

Una vez se dejó algo en un túnel, el envase de hojalata donde llevaba los bocadillos, y me pidió que fuera a buscarlo. De modo que fui hasta el túnel donde había estado trabajando y lo busqué. Todo el túnel estaba iluminado por bombillas colgadas del techo, por lo que caminar por él era bastante seguro. Pero aun así era preciso ir con cuidado, porque aquí y allá habían cavado enormes galerías en la roca. Podían tener sesenta metros de profundidad, arrancaban de uno de los lados del túnel y conducían a un piso inferior; eran como canteras subterráneas. De vez en cuando alguien se caía en una de esas galerías; siempre era su culpa. Les pasaba por no mirar dónde pisaban, o por andar por un túnel a oscuras con la batería de la luz de su casco muy débil. A veces un hombre se acercaba a la sima sin motivo, tal vez porque se sentía desgraciado y no quería seguir viviendo. Era difícil saberlo; hay mucha pena en los corazones de aquellos que están lejos de sus países.

Doblé una esquina del túnel y me encontré en un cubículo redondo. En el otro extremo de éste empezaba una galería que tenía una señal de prevención. Junto al borde había cuatro hombres sujetando a otro por los brazos y las piernas. Al acercarme a la esquina vi cómo lo levantaban y lo lanzaban al oscuro abismo. El hombre gritó, en xhosa, y pude oír lo que dijo. Dijo algo sobre un niño, pero no lo entendí todo porque tampoco sé mucho xhosa. Luego desapareció.

Me quedé quieto. Los hombres aún no me habían visto, pero de pronto uno de ellos se giró y gritó algo en zulú. Entonces echaron a correr hacia mí. Me di la vuelta y salí disparado de allí. Sabía que si me alcanzaban, me harían lo mismo que a su víctima. No estaba dispuesto a perder esa carrera.

A pesar de que logré escapar, era consciente de que esos hombres me habían visto y de que me buscarían. Había presenciado su crimen, era un testigo ocular; por eso no podía continuar en las minas.

Hablé con el barrenero. Era un buen hombre y me escuchó con atención cuando le anuncié que tenía que marcharme. Hablarle así a cualquier otro hombre blanco me habría sido imposible, pero él lo entendió.

Aun así trató de persuadirme para que fuera a la policía.

—Dígales lo que vio —me dijo en afrikaans—. Hágalo. Pueden coger a esos zulúes y colgarlos.

—No sé quiénes eran. Ellos me cogerán antes a mí. Prefiero volver a casa.

Me miró y asintió con la cabeza. Luego me dio la mano; era la primera vez que un hombre blanco me la daba. Por eso lo llamé mi hermano, que es la primera vez que he dado ese nombre a un blanco.

—Vuelva a casa con su mujer —comentó—. Si un hombre deja a su mujer durante demasiado tiempo, ésta comienza a ser fuente de problemas para él. Créame. Vuelva y déle más niños.

Y abandoné las minas, en secreto, como un ladrón; volví a Botsuana en 1960. No puedo explicar con palabras la alegría que sentí al cruzar la frontera y dejar atrás Suráfrica para siempre. En Suráfrica cada día había tenido la sensación de que iba a morirme. El peligro y la pena se cernían sobre Johannesburgo como una nube; allí nunca habría podido ser feliz. En Botsuana era distinto. No había policías con perros; ni *totsis* con navajas, esperando a robarte; por las mañanas no te despertaba el gemido de una sirena para que descendieras a la tierra ardiente. No había tanta cantidad de gente, todos de diferentes lugares, todos anhelando sus hogares, todos queriendo estar en otra parte. Había abandonado una cárcel; una enorme y gimiente cárcel bajo la luz del sol.

Cuando llegué a Mochudi y bajé del autobús, y vi la pequeña colina, y la casa del jefe, y las cabras, me detuve y lloré. Se me acercó un hombre al que no conocía, que me puso la mano en el hombro y me preguntó si acababa de llegar de las minas. Le respondí que sí, y él asintió y dejó su mano en mi hombro hasta que dejé de llorar. Luego me sonrió y se fue. Había visto que mi mujer se acercaba y no quería interferir en el recibimiento de un marido.

Me había casado con ella tres años antes, aunque desde la boda nos habíamos visto muy poco porque yo venía de Johannesburgo un mes al año; ése era todo el tiempo que teníamos para pasar juntos. En mi último viaje se había quedado embarazada, y mi pequeña había nacido estando yo fuera. Ahora iba a verla, mi mujer la había traído consigo al autobús. Permaneció de pie, con la niña en brazos, la niña que me importaba más que todo el oro sacado de las minas de Johannesburgo. Era mi primera hija, mi única hija, mi niña, Precious Ramotswe.

Precious era como su madre, igual de gruesa. Jugaba en el jardín y se reía cuando yo la cogía en brazos. Tenía una vaca que daba buena leche, y la tenía siempre a mano para Precious. También le dábamos mucho almíbar y huevos a diario. Mi mujer le frotaba la piel con vaselina para que brillara. La gente decía que era la niña más guapa de toda Bechuanalandia, y había mujeres que recorrían muchos kilómetros sólo para verla y cogerla en brazos.

Después mi mujer, la madre de Precious, murió. Por aquel entonces vivíamos en las afueras de Mochudi, y ella solía ir a ver a una tía suya cuya casa estaba detrás de la vía férrea, cerca de la carretera de Francistown. Como su tía era muy mayor para valerse por sí misma y sólo tenía un hijo, enfermo de *sufuba* y que apenas si podía andar, le llevaba comida.

No sé cómo ocurrió. Hay quien dice que fue porque se avecinaba una tormenta y había relámpagos, y es posible que haya corrido sin mirar por dónde iba. La cuestión es que estaba en medio de la vía cuando el tren de Bulawayo la arrolló. El maquinista estaba muy afectado, pero no la había visto, cosa probablemente cierta.

Mi prima vino a cuidar de Precious. Le hacía la ropa, la llevaba al colegio y le hacía la comida. Yo estaba triste y me decía: ahora lo único que te queda en esta vida es Precious y el ganado. Afligido, me fui al corral para echar un vistazo a las reses y pagar a los vaqueros. Tenía más ganado que antes, incluso había pensado en montar un negocio, pero decidí esperar y dejar que fuera Precious quien lo comprara a mi muerte. Además, el polvo de las minas me había destrozado los pulmones y no podía andar deprisa ni levantar peso.

Un día caluroso, a mi regreso del corral, habiendo ya alcanzado la carretera principal que iba de Francistown a Gaborone, me había sentado al pie de un árbol, en el borde de la carretera, para esperar el autobús. Debido al calor me había quedado dormido y me despertó el ruido de un coche que se aproximaba.

Era un coche grande, un coche de Estados Unidos, creo, y había un hombre sentado en la parte trasera. El conductor vino a mí y me habló en setsuana, aunque la matrícula del vehículo era de Suráfrica. Me contó que el radiador tenía una fuga, y me preguntó si sabía dónde podían encontrar agua. Y como había un depósito de agua para el ganado de camino hacia el corral, le acompañé a llenar un cubo.

Cuando nos disponíamos a poner el agua en el radiador, nos encontramos que el hombre que estaba sentado en la parte trasera del coche había salido y estaba de pie, mirándome. Me sonrió para darme a entender que agradecía mi ayuda, y yo le devolví la sonrisa. Entonces me di cuenta de que sabía quién era este hombre: era el gerente de todas las minas de Johannesburgo; uno de los hombres del señor Oppenheimer.

Me acerqué a él y me presenté. Le dije que me llamaba Ramotswe, que había trabajado en sus minas y que lamentaba haberme tenido que ir tan pronto, pero que había sido por circunstancias que escapaban a mi control.

Se echó a reír y me comentó que decía mucho de mí haber estado tantos años trabajando en las minas. Me ofreció subirme a su coche para llevarme a Mochudi.

De modo que volví a Mochudi en su coche, y este hombre tan importante vino a mi casa. Al ver a Precious me dijo que le parecía una niña muy grácil. Luego, tras haberse tomado un té, miró qué hora era.

—Debo marcharme —anunció—. Tengo que volver a Johannesburgo.

Le comenté que su mujer se enfadaría con él si no llegaba a tiempo para cenar. Estuvo de acuerdo conmigo.

Salió de casa. El hombre que trabajaba a las órdenes del señor Oppenheimer metió la mano en el bolsillo y extrajo de él un billetero. Mientras lo abría me di la vuelta; no quería su dinero, pero insistió. Me dijo que yo había trabajado para el señor Oppenheimer y que al señor Oppenheimer le gustaba cuidar de su gente. Entonces me dio doscientos rands, y yo le dije que, dado que acababa de perder un toro, usaría el dinero para comprarme otro.

Esto le pareció bien. Le dije que se fuera en paz, y me deseó que me quedara en paz. Nos despedimos, y aunque nunca volví a ver a mi amigo, sigue aquí, en mi corazón.

3

Lecciones sobre niños y cabras

Obed Ramotswe instaló a su prima en una habitación de la parte trasera de la pequeña casa que se había construido en la linde de la ciudad al regresar de las minas. Originalmente la habitación estaba destinada a hacer las veces de despensa, para guardar los baúles de hojalata, las sábanas de recambio y las provisiones de parafina que usaba para cocinar, pero podía guardar todo esto en otra parte. Añadiendo una cama, un pequeño armario y dándole una mano de pintura blanca, la habitación no tardaría en estar lista para ser habitada. Desde el punto de vista de la prima, tanto lujo superaba su imaginación; después de que su marido la abandonara, hacía seis años, había vuelto a vivir con su madre y su abuela y la habían enviado a dormir a un cuarto que tenía sólo tres paredes, una de las cuales no alcanzaba hasta el techo. Teniendo en cuenta que estaban chapadas a la antigua, creían que una mujer abandonada por su marido casi siempre era merecedora de su destino, por lo que la habían tratado con bastante desdén. La acogieron, claro está, pero le abrieron las puertas más por obligación que por cariño.

Su marido la abandonó porque era estéril, destino casi inevitable para todas las mujeres que no podían tener hijos. El poco dinero que tenía se lo había gastado en visitas a curanderos tradicionales, uno de los cuales le había prometido que, tras unos meses de tratamiento, concebiría. Le había administrado varias hierbas y cortezas en polvo y, viendo que no funcionaban, había recurrido a los hechizos. Muchas de las pociones la habían hecho sentirse mal, y una de ellas había estado a punto de matarla, cosa que no era de extrañar en vista de su composición, pero la esterilidad continuaba y sabía que a su marido se le estaba acabando la paciencia. Poco tiempo después de irse, le escribió desde Lobatsi anunciándole, orgulloso, que su nueva mujer estaba embarazada. Al cabo de un año y medio llegó otra carta, breve, con una fotografía de su hijo. No envió dinero; ésa fue la última vez que tuvo noticias suyas.

Ahora, sosteniendo a Precious en sus brazos, estando en su habitación de cuatro sólidas paredes pintadas de blanco, su felicidad era completa. Dejaba que Precious, de cuatro años de edad, durmiera con ella en la cama, y por las noches permanecía despierta durante horas escuchando su respiración. Le acariciaba la piel, cogía su diminuta mano entre sus dedos y se maravillaba ante la perfección del cuerpo de la criatura. Cuando Precious dormía la siesta, en las tardes calurosas, ella se sentaba a su lado, tejiéndole y remendándole pequeños jerseys y calcetines de rojos y azules intensos, y apartaba las moscas que se acercaban a la niña dormida.

También Obed estaba contento. Cada semana le daba dinero a su prima para que comprara comida para todos, y una vez al mes una pequeña cantidad para sus gastos. Administraba bien los recursos y siempre le sobraba dinero, que destinaba a comprarle algo a Precious. Obed no tuvo nunca motivo de queja ni le pareció mal el modo como estaba educando a su hija. Todo era perfecto.

La prima de Obed quería que Precious fuera inteligente. Ella había recibido muy poca educación, pero había aprendido a leer a base de esfuerzo y veía cercanas las posibilidades del cambio. Ahora había un partido político al que podían afiliarse las mujeres, aunque algunos hombres no estaban de acuerdo y pensaban que eso no traería más que problemas. Las mujeres estaban empezando a hablar entre sí sobre sus vidas. Evidentemente, nadie desafiaba a los hombres de frente, pero cuando las mujeres conversaban entre sí, se oían susurros y se intercambiaban miradas. Pensó en su propia vida; en su temprano matrimonio con un hombre al que apenas había conocido, y en lo mucho que se avergonzaba de no poder tener hijos. Recordó los años vividos en el cuarto de tres paredes, y las tareas que, sin remuneración, le habían sido encomendadas. Quizás habría un día en que las mujeres tendrían voz y voto y podrían denunciar lo que estuviera mal; pero para eso tendrían que ser capaces de leer.

Empezó por enseñar a Precious a contar. Contaban cabras y reses. Contaban niños que jugaban en el polvo. Contaban árboles, y a cada árbol le daban un nombre: el árbol torcido; el árbol sin hojas; el árbol mopani donde a los gusanos les gusta esconderse, el árbol sin pájaros. Luego la prima le decía: «Si quitamos el árbol que parece un anciano, ¿cuántos árboles quedan?». Le enseñó a recordar listas de cosas: los nombres de miembros de la familia, los nombres de reses que había tenido su abuelo, los nombres de jefes. A veces se sentaban frente a la tienda de al lado, un pequeño comercio que vendía de todo y que se autocalificaba de honrado, y esperaban a que un coche o un camión pasara por la carretera sorteando los múltiples baches. La prima decía en voz alta el número de la matrícula y Precious tenía que retenerlo en la memoria hasta el día siguiente, o incluso el subsiguiente, en que se le preguntaba el número. También jugaban a algo parecido al juego de Kim, que consistía en que la prima llenaba una bandeja de mimbre con objetos familiares, la tapaba con una sábana y sacaba uno de los objetos.

—¿Qué he sacado de la bandeja?

—Una pepita de marula, deformada y mordida.

—¿Y qué más?

—Nada más.

Precious, la niña que observaba todo y a todos con sus inmensos ojos de mirada seria, nunca se equivocaba. Y poco a poco, sin que nadie se lo hubiera propuesto, su curiosidad y su conciencia fueron creciendo.

A los seis años, edad en que empezó a ir al colegio, Precious ya conocía el alfabeto, sabía contar hasta doscientos y recitar el primer capítulo entero del libro del Génesis en setsuana. También había aprendido unas cuantas palabras en inglés, y era capaz de recitar los cuatro versos de un poema inglés que hablaba del mar y de barcos. La profesora estaba impresionada y felicitó a la prima por su labor. Podría decirse que era la primera vez en la vida que alguien la felicitaba por algo que había hecho; Obed le había dado las gracias a menudo y con generosidad, pero no había llegado a felicitarla porque, en su opinión, su prima sólo estaba cumpliendo con sus obligaciones como mujer y eso no tenía nada de especial.

«Fuimos nosotras las primeras en arar la tierra cuando Modise (Dios) la creó —decía un antiguo poema en setsuana—. Éramos nosotras quienes hacíamos la comida. Somos nosotras quienes cuidamos de los hombres cuando aún son niños, cuando son jóvenes, y cuando son mayores y están a punto de morir. Nosotras siempre estamos ahí. Pero sólo somos mujeres y nadie nos ve.»

Lecciones sobre los niños

Mma Ramotswe pensó: «Dios nos puso en esta Tierra. Al principio todos éramos africanos porque, tal como el doctor Leakey y su padre han demostrado, la raza humana empezó en Kenia. Por eso, si se piensa detenidamente, todos somos hermanos; sin embargo, miremos donde miremos, ¿qué es lo que vemos? Lucha, lucha y más lucha. Los ricos matan a los pobres; los pobres matan a los ricos. Así es en todas partes excepto en Botsuana. Y eso es gracias a sir Seretse Khama, un buen hombre, que creó Botsuana y la convirtió en un lugar agradable». De vez en cuando mma Ramotswe lloraba cuando pensaba en él, en su enfermedad y en todos esos eminentes doctores de Londres diciéndole al Gobierno: «Lo sentimos, pero no podemos hacer nada por su presidente».

El problema, naturalmente, estaba en que la gente parecía no saber distinguir entre el bien y el mal. Necesitaban que se les recordara, porque nunca lo entendían por sí solos. Como mucho averiguaban lo que era mejor para ellos, y eso es lo que consideraban correcto. Así pensaba la mayor parte de la gente.

Precious Ramotswe había aprendido la diferencia entre el bien y el mal en la escuela dominical. La prima la llevaba cuando tenía seis años, y no había dejado de asistir ningún domingo hasta que cumplió los once. El tiempo suficiente para aprender todo lo relacionado con el bien y el mal, aunque la habían sorprendido, y aún la sorprendían, ciertos aspectos de la religión. No podía creerse que el Señor hubiera caminado sobre las aguas, era imposible hacerlo, ni aquella historia de la multiplicación de los panes y los peces, que también le parecía imposible. Estaba convencida de que eran mentiras, y la mayor mentira de todas era que el Señor no tenía papaíto. Eso no era verdad, porque hasta los niños sabían que para hacer un bebé era necesario un padre, una regla que se aplicaba tanto a las vacas y las gallinas como a las personas, a todos por igual. Pero lo del bien y el mal era otra cuestión, y no le había costado nada entender que mentir, robar y matar a alguien estaba mal.

Para enseñar las normas de conducta a los niños, nadie mejor que mma Mothibi, directora de la escuela dominical durante más de doce años. Era baja, casi completamente redonda, y tenía una voz grave excepcional. Enseñaba himnos, en inglés y en setsuana, y por el hecho de aprender a cantar de ella, todos los niños del coro cantaban una octava más baja que los demás, como si fueran ranas.

Los niños, ataviados con sus mejores ropas, se sentaban en los últimos bancos de la iglesia al finalizar el oficio, y mma Mothibi les daba clases. Les leía la Biblia, les hacía recitar los Diez Mandamientos una y otra vez, y les leía cuentos religiosos de un pequeño libro azul, que según ella era de Londres y no se podía adquirir en el país.

—Éstas son las normas para ser bueno —leía en voz alta—: Un niño debe siempre madrugar y rezar sus oraciones. Luego debe limpiarse los zapatos y ayudar a su madre a preparar el desayuno familiar, si es que tienen desayuno. Hay gente que es pobre y no puede desayunar. Luego debe ir al colegio y hacer todo lo que le diga el profesor. Así es como aprenderá a ser un buen cristiano para ir después al cielo, cuando le llame el Señor de vuelta a casa. Para las niñas las normas son las mismas, pero deben tener cuidado con los niños y recordarles que son cristianos. Algunos niños no lo entienden…

Sí, pensaba Precious Ramotswe. Algunos niños no lo entienden, e incluso allí, en la escuela dominical, había uno, llamado Josiah, que era muy malo, aunque sólo tuviese nueve años. Insistía en sentarse al lado de Precious, y ella trataba de esquivarlo. Estaba siempre mirándola y le sonreía esperanzado, a pesar de que tenía dos años menos que ella. Procuraba que sus rodillas se rozaran, cosa que a Precious le molestaba y la hacía cambiarse de sitio para estar lejos de él.

Pero lo peor de todo era que se desabrochaba los botones del pantalón y señalaba con el dedo eso que tienen los niños, esperando que ella mirara. A Precious no le gustaba lo que hacía; sobre todo no era apropiado para una escuela dominical. Además, ¿por qué le daba tanta importancia a esa cosa? Todos los niños la tenían.

Al fin se lo contó a mma Mothibi, quien escuchó con cara de disgusto.

—Niños, hombres —dijo—. Son todos iguales. Se creen que eso que tienen es especial y se sienten orgullosos de ello. No se dan cuenta de lo ridículo que llega a ser.

Le pidió a Precious que le avisara la próxima vez que sucediera. Bastaría con que levantara un poco la mano y mma Mothibi se daría por aludida. Ésa sería su contraseña.

Volvió a suceder a la semana siguiente. Mientras mma Mothibi estaba al fondo de la clase, observando a los chicos abrir sus libros, Josiah se desabrochó un botón y le susurró a Precious que bajara la vista. Ella mantuvo la mirada fija en el libro y alzó la mano izquierda levemente. Él no se dio cuenta, naturalmente, pero mma Mothibi, sí. Se acercó hasta el chico por detrás, levantó la Biblia que llevaba y la estampó contra la cabeza del muchacho, haciendo un ruido seco que alertó al resto de la clase.

El golpe cogió desprevenido a Josiah. Entonces mma Mothibi se puso frente a él y señaló su bragueta abierta. Luego volvió a levantar la Biblia y le golpeó de nuevo en la cabeza, con más fuerza si cabe.

Ésa fue la última vez que Josiah molestó a Precious Ramotswe, o a cualquier otra niña. En cuanto a ella, Precious había aprendido una importante lección sobre cómo tratar a los hombres, lección que la acompañó durante muchos años y que resultó serle de gran utilidad, como todo lo que aprendió en la escuela dominical.

La marcha de la prima

La prima cuidó de Precious durante sus primeros ocho años de vida. Podría haberse quedado indefinidamente, cosa que a Obed le habría encantado, pues se ocupaba de la casa y nunca protestaba ni le pedía dinero. Pero él mismo reconoció que, en un momento dado, quizá por cuestiones de orgullo y pese a lo sucedido la vez anterior, su prima a lo mejor querría volver a casarse. Así que no dudó en darle su bendición cuando le anunció que había conocido a un hombre, que le había pedido que se casara con él y que había aceptado.

—Podría llevarme a Precious conmigo —comentó—. La quiero como si fuera mi hija. Claro que está usted y…

—Sí —repuso Obed—, estoy yo. ¿Me llevaría a mí también con usted?

La prima se rió.

—Mi futuro marido es un hombre rico, pero me parece que sólo se quiere casar con una persona.

Como Obed era el pariente más cercano de la prima, recayeron en él los preparativos para la boda. Algo que, después de todo lo que ella había hecho por él, no le molestó en absoluto. Dispuso el sacrificio de dos reses y cerveza suficiente para doscientas personas. Luego, llevando del brazo a su prima, entró en la iglesia y vio al nuevo marido, a la familia de éste, a otros primos lejanos, a sus amigos, y a vecinos de la zona, algunos invitados y otros no, esperando y observando.

Tras la ceremonia volvieron a la casa, donde entre las acacias se habían instalado toldos de lona y sillas prestadas. La gente mayor tomó asiento mientras que los jóvenes iban de aquí para allí charlando entre sí y olfateando la enorme cantidad de carne que chisporroteaba en los fogones al aire libre. Luego comieron, y Obed pronunció un discurso de agradecimiento a su prima y a su nuevo marido, y este último dio a su vez las gracias a Obed por haber cuidado tan bien de su mujer.

El nuevo marido tenía dos autobuses, por eso era rico. Uno de ellos, el Molepolole Special Express, lo había puesto al servicio de los invitados y lo había adornado para la ocasión, cubriéndolo con una tela de color azul chillón. Los recién casados se marcharon en el otro después de la fiesta, con el marido al volante y su flamante mujer sentada justo detrás de él. Hubo gritos de emoción y chillidos de las mujeres, y el autobús inició su viaje a la felicidad.

Se establecieron a dieciséis kilómetros al sur de Gaborone, en una casa de adobe y enyesada que el hermano del nuevo marido les había construido. Tenía el tejado rojo y las paredes blancas, y un terreno, al estilo tradicional, con un jardín cercado en la zona frontal. En la parte trasera había una pequeña choza destinada a una criada, y una letrina de hojalata galvanizada. La prima tenía una cocina con un conjunto de ollas completamente nuevas y dos quemadores. Tenía también una gran nevera surafricana, que funcionaba con keroseno, zumbaba levemente durante todo el día y mantenía los alimentos fríos. Cada noche su marido llegaba a casa con los ingresos de ese día, y ella le ayudaba a contar el dinero. Demostró ser excelente llevando las cuentas, y en poco tiempo se ocupó de esa parte del negocio con patente éxito.

Además hacía feliz a su marido en otros aspectos. De pequeño le había mordido un chacal y tenía cicatrices en la cara, allí donde el inepto subalterno del doctor, del Hospital Escocés Misionero, le había cosido las heridas. Hasta entonces ninguna mujer le había dicho que era guapo, ni él, acostumbrado a ver muecas de compasión, se había imaginado que alguien se lo fuera a decir nunca; sin embargo, la prima le dijo que era el hombre más atractivo que jamás había conocido, y el más viril. No era mera adulación, no mentía; ella le veía así, y el corazón de él se inundaba del calor que emana de los cumplidos sinceros.

«Sé que me echas de menos —le escribía la prima a Precious—, pero también sé que quieres mi felicidad. Ahora soy muy feliz. Tengo un marido cariñoso, que me compra ropa maravillosa y me hace feliz cada día. Algún día vendrás a quedarte con nosotros, y podremos contar árboles otra vez y volver a cantar himnos juntas, como siempre hacíamos. Pero ahora que ya eres suficientemente mayor debes cuidar de tu padre; es un buen hombre. Quiero que seas feliz y por eso rezo por ti cada noche. Que Dios te bendiga. Que Dios te proteja hoy y siempre. Amén.»

Cabras

De pequeña, a Precious Ramotswe le gustaba dibujar, actividad que
la prima había fomentado en ella desde muy temprana edad. Por su
décimo cumpleaños la prima le había regalado un bloc de dibujo y
una caja de lápices de colores, y muy pronto su talento empezó a aflo-
rar. Obed Ramotswe se sentía orgulloso de su habilidad para llenar
las páginas vírgenes de su bloc con escenas de la vida cotidiana de
Mochudi. Dibujaba, por ejemplo, el estanque que había frente al hospital, todo bastante reconocible, o a la enfermera jefe mirando a un
burro, así como la pequeña tienda que vendía de todo, con cosas delante que podían ser sacos de harina o quizá gente sentada, imposible
descifrarlo, pero eran dibujos magníficos, muchos de los cuales Obed
ya había colgado en la parte superior de las paredes del salón de su
casa, donde revoloteaban las moscas.

Sus profesores, que estaban al corriente de tal habilidad, le dijeron que quizás algún día sería una gran artista y sus dibujos saldrían
en la portada del Calendario de Botsuana. Eso la animó, y a un dibujo le siguió otro. Cabras, ganado, colinas, calabazas, casas; había tantas cosas en Mochudi para el ojo de la artista que no corría peligro de
quedarse sin temas de inspiración.

El colegio se enteró de que se había convocado un concurso de
dibujo infantil. El Museo de Gaborone había pedido a todos los colegios del país que presentaran el dibujo de uno de sus alumnos; el
tema era: «Botsuana hoy en día». Naturalmente, no había ninguna
duda respecto a quién haría ese dibujo. Le pidieron a Precious que
dibujara algo muy especial, que lo dibujara tomándose su tiempo,
para enviarlo después a Gaborone en representación de Mochudi.

Hizo el dibujo un sábado en que salió temprano de casa con su
bloc y volvió algunas horas después con los detalles aún por ultimar.
Estaba contenta con su dibujo, y a su profesora, a quien se lo enseñó
el lunes siguiente, le encantó.

—Seguro que ganaremos el premio —le dijo—. Todos se senti-
rán muy orgullosos.

Pusieron el dibujo cuidadosamente en una carpeta de cartón y lo
enviaron al Museo por correo certificado. Tuvieron que esperar dos

semanas, durante las cuales todo el mundo se olvidó del concurso. Y no volvieron a acordarse de él hasta que el director recibió una carta, que, sonriendo, le leyó a Precious en voz alta.

—Has ganado el primer premio —anunció—. Tienes que ir a Gaborone con tu padre, con tu profesora y conmigo para recibir el premio de manos del ministro de Educación en una ceremonia especial.

Precious se emocionó tanto que se puso a llorar, pero paró enseguida y la dejaron salir antes del colegio para irse a casa a darle la noticia a su padre.

Hicieron el viaje en la furgoneta del director y llegaron a la ceremonia demasiado pronto, por lo que se pasaron varias horas sentados en el jardín del Museo, esperando que sus puertas se abrieran. Cuando al fin se abrieron, aparecieron más personas, profesores, periodistas, autoridades... Después llegó el ministro en un coche negro, y la gente dejó a un lado sus vasos de zumo de naranja y engulló el resto de los bocadillos.

Precious vio que su dibujo estaba colgado en un sitio especial, en una pared, y que debajo de él habían enganchado una pequeña tarjeta. Se acercó a la pared con su profesora, y su corazón dio un vuelco al ver su nombre escrito a máquina: PRECIOUS RAMOTSWE (10; ESCUELA PÚBLICA DE EDUCACIÓN BÁSICA, MOCHUDI). Y debajo, también a máquina, el título que el Museo le había puesto al dibujo: *Vacas junto a una presa*.

Se quedó inmóvil, súbitamente horrorizada. No era cierto. El dibujo no era de vacas, sino de cabras. ¡Se habían pensado que eran vacas! Y ahora le iban a dar un premio, que no merecía, por un dibujo de vacas.

—¿Qué pasa? —le preguntó su padre—. Tendrías que estar contenta. ¿Qué te ocurre?

No pudo articular palabra. Estaba a punto de convertirse en una criminal, a punto de cometer un fraude. No podía aceptar un premio que, simplemente, no le correspondía.

Pero el ministro ya estaba a su lado preparándose para pronunciar un discurso. Ella le miró y él le sonrió satisfecho.

—Dibujas muy bien —le dijo—. En Mochudi deben de estar orgullosos de ti.

Precious clavó la vista en el suelo. Debía confesar.

—No es un dibujo de vacas —rectificó ella—. Son cabras. Me he equivocado y no merezco el premio.

El ministro arqueó las cejas y miró la etiqueta. Luego se dio la vuelta y le dijo:

—Son ellos los que se han equivocado. Yo también creo que son cabras y no vacas.

Se aclaró la garganta y el director del Museo pidió silencio.

—Este precioso dibujo de cabras —comentó el ministro— demuestra el gran talento que tienen los jóvenes de este país. Esta jovencita se convertirá en una excelente ciudadana y quizá hasta en una artista famosa. Le voy a dar el premio que se ha ganado.

Precious cogió el paquete envuelto que le dio el ministro, quien, con la mano apoyada en su hombro, le susurró:

—Eres la niña más sincera que he visto en mi vida. ¡Así se hace!

La ceremonia concluyó y al cabo de un rato regresaron a Mochudi en la abollada furgoneta del director; volvía una heroína, una ganadora de premios.

4

Cuando se fue a vivir con la prima
y el marido de la prima

Mma Ramotswe abandonó la escuela a los dieciséis años. («La mejor alumna de la escuela —según las palabras de su director—. Una de las mejores de toda Botsuana.») Su padre había querido que siguiera estudiando, para sacarse, entre otros, el Certificado del Colegio de Cambridge, pero mma Ramotswe ya estaba harta de Mochudi. Y también estaba harta de trabajar en la pequeña tienda que vendía de todo, donde cada sábado hacía el inventario y se pasaba horas marcando los artículos en manoseadas listas. Deseaba irse a alguna parte. Quería iniciar su propia vida.

—Puedes irte con mi prima —le comentó su padre—. Es un lugar totalmente diferente. Creo que en esa casa verás cosas nuevas.

A Obed le dolió mucho decir lo que dijo. Quería que Precious se quedara con él, para cuidarle, pero sabía que era muy egoísta pretender que la vida de su hija girara alrededor de la suya propia. Precious quería ser libre; quería darle sentido a su vida. Claro está que su subconsciente pensaba también en el asunto del matrimonio. Sabía que a corto plazo su hija tendría pretendientes.

Nunca se negaría a que ella se casara, por supuesto que no. Pero ¿y si el hombre que la pretendía era un matón, un borracho o un mujeriego? Cabía esa posibilidad; había muchos hombres así, esperando encontrar una chica atractiva cuya vida pudieran destrozar paulatinamente. Esos hombres eran como sanguijuelas; chupaban la bondad del corazón de una mujer hasta dejarlo seco y exprimir todo su amor. Y Obed sabía que eso llevaba su tiempo, porque las mujeres parecían albergar en sí grandes reservas de bondad.

Si uno de esos hombres quisiera casarse con Precious, ¿qué podría hacer él como padre? Podría advertirle del riesgo, pero ¿quién atendía a razones estando enamorado? Ya lo había comprobado en bastantes ocasiones; el amor era una especie de ceguera que impedía ver los defectos más evidentes. Se podía amar a un asesino y simplemente creerlo incapaz de matar una mosca y menos aún a una persona. Sería inútil tratar de disuadirla.

La casa de su prima era el lugar más seguro de todos para Precious, incluso aunque allí tampoco estuviera a salvo de los hombres. Pero por lo menos su prima podría vigilarla, y el marido de ésta podría ahuyentar a los hombres más indeseables. El marido era rico ahora, tenía más de cinco autobuses y la autoridad propia de los hombres ricos. Tal vez lograra mandar a paseo a algunos de los jóvenes pretendientes.

La prima estaba encantada de tener a Precious en casa. Decoró una habitación para ella, en la que colgó unas gruesas cortinas amarillas que compró un día en los Bazares OK de Johannesburgo. Llenó de ropa los cajones de una cómoda sobre la que puso un retrato del Papa. El suelo lo cubrió con una sencilla estera estampada de caña. Era una habitación soleada y confortable.

Precious se adaptó con facilidad a su nueva vida. En las oficinas de la compañía de autobuses le dieron un trabajo, que consistía en hacer las facturas y verificar las cantidades que anotaban los conductores. Era muy eficaz, y el marido de la prima se dio cuenta de que ella sola hacía lo mismo que sus dos antiguos empleados juntos, quienes se pasaban el día entero sentados y cuchicheando; de vez en cuando cambiaban las facturas de sitio en la mesa y de vez en cuando, también, se levantaban para calentar agua para prepararse un té.

Con lo memoriosa que era, a Precious le resultaba fácil recordar cómo se hacían las cosas y aplicar lo aprendido sin equivocarse. Asimismo, estaba dispuesta a hacer sugerencias, y apenas hubo una semana en que no propusiera formas de aumentar la eficacia de la oficina.

—Te esfuerzas demasiado —le dijo uno de los empleados—. A este paso nos quedaremos sin trabajo.

Precious los miró atónita. Siempre se había esforzado al máximo en todo y francamente no le entraba en la cabeza que alguien no lo hiciera. ¿Cómo podían estar ahí sentados mirando las musarañas en lugar de estar cuadrando los números y revisando las ganancias de los conductores?

Ella, normalmente por iniciativa propia, hacía sus comprobaciones y, aunque casi siempre cuadraba todo, de vez en cuando encontraba algún pequeño descuadre. La prima le explicó que eso sucedía porque habían dado mal el cambio, cosa que no era de extrañar en un autobús abarrotado y a la que, siempre y cuando no fuera grave, no daban demasiada importancia. Pero Precious averiguó algo más. Descubrió un agujero de más de dos mil pulas en las facturas de gasoil y fue a contárselo al marido de la prima.

—¿Estás segura? —le preguntó éste—. ¿Cómo pueden haber desaparecido dos mil pulas?

—¿Y si se trata de un robo? —sugirió Precious.

El marido de la prima cabeceó. Se tenía por un empresario modélico; paternalista, sí, pero ¿no era eso lo que querían los trabajadores? No podía creerse que alguno de sus empleados le estuviese estafando. ¿Por qué lo hacían, con lo bien que los trataba y lo mucho que hacía por ellos?

Precious le demostró que había un agujero, y juntos llegaron a la conclusión de que habían sacado el dinero de una cuenta y lo habían metido en otra para, finalmente, hacerlo desaparecer. Sólo uno de los empleados tenía acceso a dichas cuentas, de modo que debía de ser él; no había otra explicación. Precious no presenció la discusión, pero la escuchó desde el despacho contiguo. El empleado estaba furioso, defendiendo su inocencia a gritos. Luego hubo un momento de silencio, al que siguió un portazo.

Ése fue su primer caso; el principio de la carrera de mma Ramotswe.

La llegada de Note Mokoti

Precious trabajó durante cuatro años en la compañía de autobuses. La prima y su marido se acostumbraron a su presencia y la consideraban su propia hija. A ella no le importaba; eran su familia y los quería. Quería a la prima, aunque aún la tratara como a una niña y la riñera en público. Quería al marido de ésta, con su cara triste y llena de cicatrices y sus largas manos de mecánico. Le encantaba la casa y su habitación con cortinas amarillas. Estaba a gusto con la vida que llevaba.

Cada fin de semana viajaba a Mochudi en uno de los autobuses del marido de la prima para ver a su padre. Éste la esperaba siempre fuera, sentado en un taburete, y ella le hacía una reverencia, como mandaba la tradición, y le palmeaba las manos.

Después comían juntos, resguardados del sol en el porche que Obed había construido en el lateral de la casa. Ella le hablaba de su semana de trabajo y él se interesaba por cada detalle, preguntando nombres con los que formaba elaboradas genealogías. Todo el mundo estaba más o menos emparentado; no había nadie cuyos lejanos orígenes no se conocieran.

Lo mismo sucedía con el ganado; las reses formaban familias, y en cuanto Precious terminaba su relato, el padre le contaba las novedades de éstas. Aunque raras veces iba al corral, le mantenían informado semanalmente y dirigía las vidas del ganado a través de los vaqueros. Tenía buen ojo para el ganado, una extraña habilidad para detectar rasgos en los terneros que se desarrollarían en su edad adulta. A simple vista, sabía determinar si un ternero de aspecto débil y, por tanto, más barato, podía ser criado y cebado. Y, convencido de su buen juicio, compraba dichos ejemplares y los convertía en hermosos y gordos animales (si las lluvias eran buenas).

Sostenía que las personas se parecían a su ganado. Las reses raquíticas tenían dueños raquíticos y desgraciados. Las apáticas, las que deambulaban sin rumbo fijo, dueños cuyas vidas carecían de objetivos. Y la gente deshonesta, aseguraba, tenía reses también deshonestas, que quitaban comida a otras reses o se pegaban a otros rebaños.

Obed Ramotswe era un crítico severo, de personas y animales, y

Precious se preguntaba: ¿cómo reaccionará cuando se entere de lo mío con Note Mokoti?

Había conocido a Note Mokoti en un autobús cuando volvía de Mochudi. Él venía de Francistown y estaba sentado en la parte delantera, con la trompeta dentro del estuche en el asiento contiguo. Precious no pudo evitar fijarse en su camisa roja y sus pantalones de lino; tampoco le pasaron inadvertidos sus marcados pómulos y sus cejas arqueadas. Su expresión era arrogante, de quien está acostumbrado a que le observen y le adulen, y Precious desvió la mirada rápidamente. No quería que él pensara que le estaba mirando, aunque fuera eso lo que estuviera haciendo desde su asiento. ¿Quién era ese hombre? ¿Un músico con el estuche a cuestas? ¿O quizás un estudiante universitario?

El autobús se detuvo en Gaborone antes de continuar hacia Lobatsi. Precious permaneció en su sitio y le vio levantarse: se irguió, se estiró los pantalones y después se giró y miró al fondo. El corazón de Precious dio un vuelco; la había visto; no, no la había visto, estaba mirando por la ventana.

De pronto, sin pensarlo, Precious se levantó también y cogió su bolsa del portaequipajes. Bajaría del autobús, no es que tuviese nada que hacer en Gaborone, pero quería observar a ese hombre. Acababa de salir del autobús y ella se apresuró tras él, después de excusarse brevemente con el conductor, uno de los empleados del marido de la prima. Fuera caía la tarde, impregnada de polvo y de los olores de los viajeros acalorados, y Precious le vio de pie, entre la multitud, a unos cuantos metros de distancia. Acababa de comprarle una mazorca de maíz asado a una vendedora ambulante, y la estaba saboreando ahora. Precious volvió a notar un cosquilleo y se detuvo, como si fuese una extranjera que no supiese qué dirección tomar.

Él la estaba mirando y ella volvió la cabeza, nerviosa. ¿La habría visto mirándole? Tal vez sí. Precious le miró de nuevo y esta vez él le sonrió y arqueó las cejas. Luego tiró la mazorca, cogió el estuche y caminó hacia ella. Precious se quedó inmóvil, incapaz de darse la vuelta e irse, hipnotizada como la presa de una serpiente.

—Te he visto antes en el autobús —le comentó él—. Pensaba que te conocía de algo, pero debo de haberme equivocado.

Ella clavó la vista en el suelo.

—Yo no te he visto nunca —repuso Precious—. Nunca.

Él sonrió. Era inofensivo, pensó Precious, y empezó a sentirse algo mejor.

—En este país te cruzas con casi todo el mundo una o dos veces —dijo él—. No hay extranjeros.

Precious asintió.

—Es verdad.

Hubo un silencio. Entonces él señaló el estuche que había a sus pies.

—Llevo una trompeta, ¿sabes? Soy músico.

Ella observó el estuche. Llevaba una pegatina enganchada; el dibujo de un hombre tocando la guitarra.

—¿Te gusta la música? —le preguntó él—. ¿El jazz? ¿*Quella*?

Precious alzó la vista y vio que él seguía sonriendo.

—Sí, me gusta.

—Toco en una banda —afirmó él—. Tocamos en el bar del President Hotel. Podrías venir a vernos. Precisamente ahora iba para allí.

Caminaron hasta el bar, que estaba sólo a unos diez minutos de la parada de autobús. La invitó a una copa y le ofreció asiento en una mesa del fondo con una sola silla. Después tocó, y ella escuchó, envuelta por la música, que fluía, resbaladiza, y orgullosa de haber conocido a ese hombre y de ser su invitada. La bebida era extraña y amarga; no le gustaba el sabor del alcohol, pero era lo que se bebía en los bares y no quería parecer fuera de lugar o demasiado joven y que la gente se fijara en ella.

Después, cuando la banda hizo un descanso, él fue a hacerle compañía y ella vio que le brillaba la frente por el esfuerzo de tocar.

—Hoy no estoy tocando muy bien —comentó él—. Hay días mejores y días peores.

—Pues a mí me pareces muy bueno. Has tocado bien.

—Yo creo que no. Sé hacerlo mejor. Algunos días es como si la trompeta me hablara; la música sale sola.

Precious notó que la gente los miraba y que una o dos mujeres la observaban con cara de reproche. Querían estar en su lugar. Querían estar con Note.

Al salir del bar, Note la acompañó a coger el último autobús y la despidió con la mano mientras éste se alejaba. Ella le devolvió el saludo y cerró los ojos. Ahora tenía novio, un músico de jazz, y, a petición suya, le vería el próximo viernes por la noche, día en que tocaban durante un asado, en el Gaborone Club. Le dijo que los miembros de la banda siempre llevaban a sus novias y que, además, conocería a gente muy curiosa, gente interesante, gente que de otra manera no conocería.

Y ése fue el día en que Note Mokoti le pidió a Precious que se casara con él, y ella aceptó, de un modo curioso, sin decir palabra. La banda ya había acabado de tocar y estaban sentados en la penumbra, lejos del ruido de los clientes del bar.

—Quiero casarme pronto —le anunció Note— y quiero que sea contigo. Eres una buena chica, serás una esposa perfecta.

Precious no dijo nada, pues se sentía indecisa, y Note tomó su silencio como un sí.

—Hablaré con tu padre —comentó Note—. Espero que no esté chapado a la antigua y que no pida un montón de ganado por ti.

Lo estaba, pero Precious no se lo dijo. Aún no le había dado el sí, pero pensó que quizá ya era demasiado tarde.

Entonces dijo Note:

—Ahora que vas a ser mi mujer, te enseñaré para qué sirven las esposas.

Precious siguió callada. Así eran las cosas, pensó. Así eran los hombres, tal como le habían contado sus amigas de la escuela, las fáciles, claro.

La rodeó con el brazo y la tumbó sobre la suave hierba. Estaban a oscuras y solos, únicamente se oía el ruido de los gritos y carcajadas de los clientes del bar. Note le cogió la mano y la dejó sobre su vientre, sin saber qué hacer con ella. Luego empezó a besarla, en el cuello, en la cara, en la boca, y Precious no oía más que sus propios latidos y su respiración entrecortada.

Note le dijo:

—Es importante que las mujeres aprendan esto. ¿Lo has hecho alguna vez?

Ella sacudió la cabeza en señal de negación. No lo había hecho nunca y ahora sintió que ya era demasiado tarde. No sabría por dónde empezar.

—Me alegro —repuso él—. Supe desde el principio que eras virgen; los hombres lo preferimos. Pero eso va a cambiar ahora mismo. Esta noche.

Le dolió. Le pidió que parara, pero él le sujetó la cabeza contra el suelo y le dio una bofetada en la cara. Acto seguido la besó donde le había pegado y le dijo que sentía haberlo hecho. Se movía con fuerza y la arañaba en la espalda con las uñas. Luego la obligó a darse la vuelta, le volvió a hacer daño y la golpeó en la espalda con el cinturón.

Precious se incorporó y recogió su ropa arrugada. Aunque a él le fuera indiferente, a ella le preocupaba que alguien pudiera salir y verlos.

Se vistió, y mientras se ponía la blusa empezó a llorar, silenciosamente, porque pensó en su padre, al que vería al día siguiente en su porche y quien le hablaría de su ganado sin llegar a imaginarse lo que le había pasado a su hija la noche anterior.

Al cabo de tres semanas Note Mokoti fue por su cuenta a ver al padre de Precious para pedirle su mano. Obed le respondió que hablaría con su hija, cosa que hizo en cuanto ésta fue a verle. Sentado en su taburete, la miró a los ojos y le dijo que ni tenía que casarse con nadie que no quisiera, eso ya no se estilaba, ni debía sentirse obligada a casarse; que hoy en día una mujer podía permanecer soltera (cada vez eran más las que optaban por la soltería).

En aquel momento Precious podría haber dicho que no, que es lo que su padre esperaba que dijera. Pero no lo hizo. Su vida giraba alrededor de sus encuentros con Note Mokoti. Quería casarse con él. Ya se había dado cuenta de que no era una buena persona, pero con el tiempo tal vez cambiaría. Y, cuando no tuvieran nada que decirse, siempre les quedarían esos oscuros momentos de contacto, esos placeres que él le arrebataba y que creaban adicción. Ella disfrutaba. Le daba vergüenza hasta pensarlo, pero le gustaba lo que le hacía, la humillación, la urgencia. Quería estar con él, quería ser poseída. Era como una bebida amarga que enganchaba. Y, además, intuía que estaba embarazada. Aún era pronto para asegurarlo, pero sentía que llevaba un hijo de Note Mokoti en sus entrañas, un pájaro diminuto que aleteaba muy dentro de ella.

Se casaron un sábado por la tarde, a las tres, en la iglesia de Mochudi, con el ganado sesteando bajo los árboles, pues estaban a finales de octubre y el calor era insoportable. Como ese año la estación de lluvias no había sido buena, las tierras estaban secas. Todo estaba reseco y marchito; quedaba poco pasto y el ganado estaba en los huesos. Eran tiempos de desánimo.

Los casó el pastor de la Iglesia Reformada, jadeando enfundado en su traje de clérigo, y enjugándose el sudor de la frente con un gran pañuelo rojo.

—Os estáis casando aquí, ante Dios —dijo el pastor—. Dios os impone unas obligaciones. Dios nos vigila y cuida de nosotros en este mundo cruel. Dios ama a sus criaturas, pero no debemos olvidarnos de esas obligaciones que nos impone. ¿Entendéis lo que os digo?

Note sonrió:

—Sí, lo entiendo.

Y, volviéndose a Precious, repitió:

—Y tú, ¿lo entiendes?

Precious levantó la cabeza y miró al pastor, amigo de su padre. Sabía que su padre había hablado con él sobre este enlace y sobre lo mucho que le disgustaba, pero el pastor le había dicho que él no podía intervenir. Ahora se dirigía a ella con amabilidad y le apretó la mano suavemente cuando se la cogió para unirla a la de Note. Al hacerlo, el feto se movió en su interior y el movimiento fue tan repentino y enérgico que hizo una mueca de dolor.

Tras una estancia de dos días en Mochudi, que pasaron en casa de un primo de Note, cargaron su equipaje en el maletero de una camioneta y se marcharon a Gaborone. Note había encontrado un sitio donde instalarse (con dos habitaciones y una cocina) en la casa de alguien, cerca de Tlokweng. Tener dos habitaciones era un lujo: una era su dormitorio, decorado con un colchón de matrimonio y un viejo armario; la otra era un salón-comedor, con una mesa, dos sillas y un aparador. Para alegrarlo habían colgado en él las cortinas amarillas del antiguo cuarto de Precious en casa de la prima.

Note guardaba su trompeta y su colección de casetes en el salón. Tocaba durante veinte minutos seguidos y, luego, mientras sus labios descansaban escuchaba una casete y tocaba de oído los sonidos en una guitarra. Sabía todo sobre la música *township*: sus orígenes, sus cantantes, quién tocaba qué y con quién. Por supuesto también había escuchado a los mejores: al trompetista Hugh Masikela, al pianista Dollar Brand, al cantante Spokes Machobane; los había escuchado en persona en Johannesburgo y conocía todos los discos que habían grabado.

Precious le observaba cuando sacaba la trompeta del estuche y colocaba la boquilla. Le observaba cuando se la acercaba a los labios y entonces, de repente, de esa diminuta pieza de metal apoyada contra la boca brotaba el sonido cual glorioso y magnífico cuchillo que cortara el aire. La pequeña habitación reverberaba y las moscas, arrancadas de su letargo, zumbaban de un lado a otro como si cabalgaran sobre las arremolinadas notas.

Precious le acompañaba a los bares, y él la trataba con amabilidad, pero allí Note parecía estar en su salsa y ella tenía la sensación de que, en realidad, le molestaba su presencia. En ese mundo había gente que sólo pensaba en la música; no hablaban más que de música, música y música; ¿cuántas cosas podían decirse de la música? Esas personas tampoco querían que ella estuviera allí, pensaba Precious, y por eso dejó de ir con él y se quedó en casa.

Note volvía a casa tarde y oliendo a cerveza. Era un olor agrio, como el de la leche cortada, y Precious giraba la cabeza a un lado mientras él la tumbaba en la cama y le quitaba la ropa.

—Has bebido mucho. Debe de haber sido una buena noche.

Note clavaba los ojos en ella, tenía la mirada un poco ida.

—Bebo si me da la gana. ¿Eres una de esas mujeres que no para de quejarse en todo el día? ¿Es eso lo que eres?

—No. Sólo he dicho que debes de haber tenido una buena noche.

Pero su indignación no menguaba y decía:

—Te voy a tener que castigar. Eres tú la que me obliga a hacerlo.

Precious gritaba e intentaba detenerle y apartarle, pero él era más fuerte que ella.

—No le hagas daño al bebé.

—¡Al bebé! ¿Por qué hablas siempre de ese bebé? No es mío. Yo no tengo ningún bebé.

Otra vez manos masculinas, pero en esta ocasión enfundadas en finos guantes de goma que las hacían parecer pálidas e imperfectas, como las de un hombre blanco.

—¿Le duele aquí? ¿No? ¿Y aquí?

Precious sacudió la cabeza.

—Creo que el bebé está bien. ¿Y aquí, en estas marcas? ¿Le duele por fuera o también por dentro?

—Sólo por fuera.

—De acuerdo. Voy a tener que darle unos puntos en todo este lado porque la piel se ha desgarrado. Le pondré un espray para que no le duela, pero será mejor que no mire mientras le coso. Hay quien dice que los hombres no sabemos coser, ¡pero los médicos no lo hacemos nada mal!

Precious cerró los ojos y oyó un pitido. Sintió un espray frío en la piel y luego un entumecimiento mientras el doctor le cosía la herida.

—Ha sido su marido, ¿verdad?

Ella abrió los ojos. El doctor había finalizado la sutura y le había dado algo a la enfermera. Clavó la vista en ella mientras se sacaba los guantes.

—¿Cuántas veces ha pasado esto ya? ¿Tiene quien la cuide?

—No lo sé. No lo sé.

—Supongo que volverá con él, ¿no?

Precious abrió la boca para hablar, pero él la interrumpió.

—Por supuesto que sí. Siempre pasa lo mismo. Las mujeres nunca tienen suficiente.

El doctor suspiró.

—¡Ojalá me equivoque! Pero es probable que volvamos a vernos. Tenga cuidado.

Precious volvió a casa al día siguiente, cubriéndose la cara con un pañuelo para ocultar las contusiones y los cortes. Le dolían los brazos y la barriga, y la herida suturada le escocía. En el hospital le habían dado unas pastillas, y se tomó una justo antes de coger el autobús. Como el dolor se apaciguaba, se tomó otra durante el trayecto.

La puerta estaba abierta. Precious entró, el corazón le latía apresuradamente, y vio lo que había ocurrido. En el salón sólo quedaban los muebles. Note se había llevado sus casetes, su baúl metálico y también las cortinas amarillas. En el dormitorio había destrozado el colchón con un cuchillo, y los restos estaban desparramados por todas partes; aquello parecía un esquileo.

Se sentó en la cama y permaneció inmóvil, mirando al suelo fijamente, hasta que apareció un vecino y le dijo que haría que alguien la llevara en coche a Mochudi, a casa de Obed, su padre.

Y allí se quedó, cuidando de él, durante los siguientes catorce años. Obed murió cuando ella cumplió los treinta y cuatro, y fue entonces cuando Precious Ramotswe, huérfana de padre y madre, con un indeseable matrimonio a sus espaldas y madre durante cinco breves y maravillosos días, se convirtió en la primera mujer detective de Botsuana.

5

¿Qué se necesita para abrir una agencia de detectives?

Mma Ramotswe había pensado que no sería fácil abrir una agencia de detectives. La gente solía cometer el error de pensar que montar un negocio era sencillo, y luego se topaba con un sinfín de problemas y requisitos imprevistos. Había oído casos de personas que habían tenido que cerrar su negocio al cabo de cuatro o cinco semanas de su apertura porque se habían quedado sin dinero, sin género, o sin ambas cosas. Siempre resultaba todo más difícil de lo que parecía a simple vista.

Fue a Pilane a ver al abogado, que lo había dispuesto todo para entregarle el dinero de su padre. Se había ocupado de la venta del ganado, que había vendido a muy buen precio.

—Ha heredado un montón de dinero —le anunció—. La vacada de su padre ha ido creciendo con los años.

Mma Ramotswe cogió el cheque y la hoja que le dio el abogado. Era más de lo que jamás había soñado. Y era suyo; todo ese dinero, extendido a favor de Precious Ramotswe para ser cobrado en el Barclays Bank de Botsuana.

—Se puede comprar una casa —le sugirió el abogado—. Y hasta montar un negocio.

—Haré las dos cosas.

El abogado sentía curiosidad.

—¿Qué clase de negocio le interesaría? ¿Una tienda? Puedo aconsejarla, si quiere.

—Una agencia de detectives.

El abogado estaba boquiabierto.

—No hay ninguna en venta. Aquí no hay nada de eso.

Mma Ramotswe asintió con la cabeza.

—Lo sé. Tendré que empezar de cero.

El abogado gesticulaba mientras la escuchaba.

—En los negocios se pierde dinero muy fácilmente —comentó—. Sobre todo cuando se desconoce la materia que se está tratando. —La miró con dureza—. Sí, sobre todo en esos casos. Y, además, ¿pueden ser detectives las mujeres? ¿Cree usted que pueden?

—¿Por qué no? —replicó mma Ramotswe. Siempre había oído que a la gente no le gustaban los abogados; ahora entendía el motivo. ¡Este hombre estaba tan seguro de sí mismo, tan convencido de cuanto decía! ¿Qué le importaba lo que ella hiciera? Era su dinero, su futuro. ¿Y cómo se atrevía a decir eso de las mujeres, si ni siquiera se había dado cuenta de que llevaba la cremallera medio abierta? ¿Debería decírselo?—. Las mujeres saben lo que pasa —explicó en voz baja—. Son las que tienen ojos. ¿No ha oído hablar de Agatha Christie?

El abogado parecía estupefacto.

—¿De Agatha Christie? ¡Claro que sí! Tiene razón. No es nada nuevo que las mujeres ven más que los hombres.

—Por eso mismo —continuó mma Ramotswe—, cuando la gente vea un letrero que diga PRIMERA AGENCIA FEMENINA DE DETECTIVES, ¿qué pensará? Pensará que esas mujeres están al día de lo que ocurre, pues son las que se enteran de las cosas.

El abogado se acarició la barbilla.

—Tal vez.

—Sí —precisó mma Ramotswe—, tal vez. —Y añadió—: La cremallera del pantalón, rra. Creo que no se ha dado cuenta de que…

◆ ◆ ◆

Primero compró la casa, que estaba situada en una parcela que hacía esquina con Zebra Drive. Como el precio era alto, decidió pedir una hipoteca para pagar una parte, de modo que le quedara dinero para adquirir un local para el negocio. Eso ya fue más difícil, pero finalmente consiguió algo pequeño cerca de Kgale Hill, en las afueras de la ciudad, donde montar la agencia. Estaba bien emplazado, porque mucha gente pasaba por esa calle a lo largo del día y verían el letrero. Sería casi tan efectivo como anunciarse en el *Daily News* o en el *Botswana Guardian*. Muy pronto todos la conocerían.

El local que compró había sido inicialmente una tienda de comestibles, después había sido transformado en una de lavado en seco y más tarde en una bodega. Había permanecido vacía durante aproximadamente un año, periodo de tiempo en que la habían habitado unos okupas. Solían encender hogueras dentro de la casa, y todas las habitaciones tenía una parte del yeso de la pared chamuscada. Al parecer, el propietario había regresado de Francistown y, tras expulsar a los okupas de su local, había puesto el local, de aspecto desolador, en venta. Uno o dos posibles compradores se interesaron, pero el mal estado del lugar no acabó de convencerles y el precio había bajado. Cuando mma Ramotswe ofreció pagar en efectivo, el vendedor no dejó escapar la oportunidad y en cuestión de días tuvo la escritura.

Había mucho trabajo por delante. Llamó a un albañil para que arreglara el yeso y reparara el tejado de cinc y, como de nuevo ofreció pagar en efectivo, el trabajo se realizó en una semana. Luego mma Ramotswe se puso rápidamente a pintar, la fachada de ocre y el interior de blanco. Compró cortinas amarillas para las ventanas y, en un arrebato de extravagancia, tiró la casa por la ventana y compró dos mesas y dos sillas de oficina. Su amigo, el señor J. L. B. Matekoni, propietario de Tlokweng Road Speedy Motors, le trajo una vieja máquina de escribir que no necesitaba y que funcionaba bastante bien. La agencia ya estaba lista para ser abierta al público… en cuanto encontrara una secretaria.

Eso fue lo más fácil de todo. Telefoneó a la Escuela de Secretariado de Botsuana, y obtuvo una respuesta inmediata. Le dijeron que tenían justo a la mujer que necesitaba. Mma Makutsi era viuda de un profesor y acababa de aprobar los exámenes de mecanografía y secretariado con un promedio de noventa y siete por ciento; le aseguraron que era la persona ideal para el puesto.

Mma Makutsi le cayó bien en cuanto la vio. Era una mujer delgada, de cara alargada y pelo trenzado teñido con alheña. Llevaba unas gafas ovaladas con aparatosa montura de plástico, y lucía una sonrisa permanente, pero que parecía bastante sincera.

Abrieron la agencia un lunes. Mma Ramotswe estaba sentada en una mesa y mma Makutsi en la otra, detrás de la máquina de escribir. Miraba a su jefa con una sonrisa, si cabe, más amplia.

—Ya estoy lista para trabajar —afirmó—. Ya puedo empezar.

—Mmm... —vaciló mma Ramotswe—. Aún es muy pronto. Acabamos de abrir. Tendremos que esperar a que venga un cliente.

En el fondo sabía que no habría ningún cliente. Había hecho un disparate. Nadie necesitaba un detective privado y aún menos a ella; al fin y al cabo, ¿quién era ella? No era más que Precious Ramotswe, de Mochudi. Nunca había estado en Londres o dondequiera que fueran los detectives a aprender a serlo. Ni siquiera había estado en Johannesburgo. ¿Y si alguien venía y le decía: «Supongo que conocerá Johannesburgo...»? Tendría que mentir o, simplemente, permanecer callada.

Mma Makutsi la miró y después miró el teclado de la máquina de escribir. Abrió un cajón, echó un vistazo a su interior y volvió a cerrarlo. En ese momento entró una gallina en el despacho que picoteó algo del suelo.

—¡Fuera! —gritó mma Makutsi—. ¡Aquí no pueden entrar gallinas!

A las diez de la mañana mma Makutsi se levantó de la silla y se fue al cuarto trasero a preparar té. Tenía la orden de hacer té de rooibos, el preferido de mma Ramotswe, y enseguida volvió con un par de tazas. Sacó de su bolso un bote de leche condensada y puso un poco en cada taza. Bebieron el té mientras observaban cómo un chico, al otro lado de la calle, le tiraba piedras a un perro esquelético.

A las once tomaron otra taza de té, y a las doce mma Ramotswe se levantó y dijo que salía a mirar un par de tiendas para comprarse un perfume. Mma Makutsi se quedó al mando del despacho y debía contestar el teléfono y recibir a los posibles clientes. Mma Ramotswe sonrió mientras le daba las instrucciones. Evidentemente, no vendrían clientes y tendría que cerrar al acabar el mes. ¿Era mma Makutsi consciente de la precariedad de su trabajo? Una mujer con un promedio de noventa y siete por ciento merecía algo mejor que eso.

Mma Ramotswe estaba frente al mostrador de la tienda mirando un perfume cuando mma Makutsi llegó corriendo.

—¡Mma Ramotswe! —exclamó jadeando—. Una clienta. ¡Ha venido una clienta! Es un buen caso. Un hombre desaparecido. Venga deprisa. No hay tiempo que perder.

«Las mujeres de hombres desaparecidos son todas iguales —dijo para sí mma Ramotswe—. Al principio se preocupan y están convencidas de que ha ocurrido algo terrible. Entonces, paulatinamente, nacen las dudas y se preguntan si sus maridos no se habrán fugado con otras mujeres (lo que sucede habitualmente), y acaban enfadándose. En esa última fase, la mayoría de ellas no quiere que sus maridos vuelvan a casa, aunque se dé con sus paraderos. Lo único que quieren es tener la oportunidad de gritarles.»

Intuyó que mma Malatsi se encontraba en la segunda fase. Empezaba a sospechar que su marido estaba divirtiéndose por ahí, mientras que ella estaba sola en casa, lo que, naturalmente, comenzaba a irritarla. «Tal vez tenga deudas pendientes —pensó mma Ramotswe—, aunque da la impresión de que tiene bastante dinero.»

—¿Por qué no me habla un poco más de su marido? —le sugirió a mma Malatsi, que estaba bebiendo el té cargado que mma Makutsi le había servido.

—Se llama Peter Malatsi —respondió mma Malatsi—. Tiene cuarenta años y se dedica, se dedicaba… se dedica a vender muebles. El negocio le iba muy bien. De modo que no ha huido de ningún acreedor.

Mma Ramotswe asintió con la cabeza.

—Entonces tiene que haber otra razón —comentó, y luego, con prudencia, añadió—: Ya sabe cómo son los hombres, mma ¿Qué me dice de otra mujer? ¿Cree que…?

Mma Malatsi negó enérgicamente con la cabeza.

—No, no lo creo —respondió—. Hace un año podría haber sucedido, pero se convirtió al cristianismo y empezó a frecuentar una iglesia en la que estaban siempre cantando y desfilando con uniformes blancos.

Mma Ramotswe iba anotando lo que escuchaba. Iglesia. Canciones. ¿Qué le estaba ocurriendo a la religión? ¿Lo habría seducido la predicadora?

—¿Cómo era esa gente? —le preguntó a mma Malatsi—. ¿Cree que podrían saber algo de él?

Mma Malatsi se encogió de hombros.

—No estoy segura —contestó, ligeramente molesta—. La verdad es que no lo sé. Me pidió un par de veces que lo acompañara, pero no quise ir. Solía irse solo todos los domingos. Es más, hubo un domingo en que desapareció durante todo el día. Supuse que estaría en la iglesia.

Mma Ramotswe clavó la vista en el techo. Este caso no resultaría tan complicado como otros similares. Peter Malatsi se había ido con alguna de las cristianas; eso estaba claro. Lo único que tenía que hacer era localizar el grupo y seguirle la pista. Estaba convencida de que, para variar, el desaparecido se habría ido con una chica más joven.

Mma Ramotswe tardó un día en elaborar una lista con los nombres de cinco grupos cristianos que encajaban con la descripción. Durante los dos días siguientes habló con los líderes de tres de ellos, que aseguraron no conocer a Peter Malatsi. Dos de esos tres intentaron convertirla; el tercero se limitó a pedirle dinero y obtuvo un billete de cinco pulas.

En cuanto dio con el líder del cuarto grupo, el reverendo Shadreck Mapeli, supo que la búsqueda había concluido. Nada más nombrar a Malatsi, el reverendo se estremeció y apartó la vista.

—¿Es usted policía? —le preguntó—. ¿Es usted un agente de policía?

—Una agente de policía —le corrigió ella.

—¡Ah...! —exclamó él con desgana—. ¡Vaya!

—En realidad no soy policía —se apresuró a rectificar—. Soy detective privado.

El reverendo parecía algo más tranquilo.

—¿Quién la envía?

—Mma Malatsi.

—¡Oh! —exclamó el reverendo—. Nos dijo que no estaba casado.

—Pues lo estaba —repuso mma Ramotswe—. Y su mujer quiere saber dónde está.

—Ha muerto —afirmó el reverendo—. Está con el Señor.

Mma Ramotswe intuyó que decía la verdad y que las pesquisas habían terminado definitivamente. Ahora sólo quedaba por averiguar cómo había muerto.

—Debe contármelo —le dijo—. Si no quiere, no revelaré su identidad, pero dígame cómo ocurrió.

Fueron hasta el río en la pequeña furgoneta blanca de mma Ramotswe. Era la estación de lluvias y, debido a las numerosas tormentas, el camino estaba casi intransitable. Pero lograron llegar al margen del río y aparcaron el vehículo bajo un árbol.

—Aquí es donde hacemos los bautizos —comentó el reverendo, señalando un remanso del crecido río—. Yo me puse ahí y por ese lado entraban los pecadores.

—¿Cuántos pecadores había? —preguntó mma Ramotswe.

—Seis en total, incluyendo a Peter. Entraron todos juntos; mientras tanto, yo me estaba preparando para seguirlos con mi báculo.

—¿Y? —quiso saber ella—. ¿Qué pasó luego?

—Los pecadores estaban en el agua, que les llegaba hasta aquí. —El reverendo se señaló el pecho—. Me giré para indicarle a la grey que empezara a cantar, y cuando me volví noté que algo andaba mal. Sólo había cinco pecadores en el agua.

—¿Había desaparecido uno?

—Así es —respondió el reverendo, que mientras hablaba temblaba ligeramente—. Dios había llamado a uno de ellos a su seno.

Mma Ramotswe observó el agua. No era un río grande, y durante gran parte del año se reducía a unos cuantos remansos inofensivos. Pero si la estación de lluvias era generosa, como la de este año, podía convertirse en un torrente. Podía arrastrar a una persona que no supiera nadar, pensó mma Ramotswe, aunque en tal caso el cuerpo tendría que haber aparecido aguas abajo. Había mucha gente que, por una razón u otra, se acercaba hasta el río, y alguien hubiera visto el cadáver. Hubiera avisado a la policía. Los periódicos hubieran publicado algo sobre un cadáver no identificado hallado en el río Notwane; los medios siempre iban detrás de historias como ésa. No habrían desaprovechado una oportunidad así.

Mma Ramotswe reflexionó unos instantes. Había otra explicación, que le produjo escalofríos. Pero antes de profundizar en ella, debía averiguar por qué razón el reverendo había mantenido todo en secreto.

—No informó a la policía —constató ella, intentando que no sonara demasiado acusatorio—. ¿Por qué?

El reverendo clavó la vista en el suelo, y ella sabía por experiencia que ésa era la actitud de quien se siente tremendamente culpable. El impenitente desvergonzado mira siempre hacia arriba.

—Sé que tendría que haberlo hecho. Dios me castigará por ello. Pero me daba miedo de que me acusaran de lo que le ocurrió al pobre Peter; pensé que me llevarían a los tribunales y que me harían pagar una indemnización, por lo que la iglesia quedaría en bancarrota y el trabajo de Dios se vería interrumpido. —Hizo una pausa—. ¿Entiende ahora por qué guardé silencio y le pedí a la grey que no dijera nada?

Mma Ramotswe asintió con la cabeza y posó su mano con cariño en el brazo del reverendo.

—No creo que esté mal lo que hizo —apuntó—. Estoy segura de que Dios quería que usted continuara con su obra y estoy segura de que no estará enfadado. No fue culpa de usted.

El reverendo levantó la mirada y sonrió.

—Es usted muy amable, hermana. Gracias.

Aquella tarde mma Ramotswe le pidió a su vecino que le dejara uno de sus perros. Tenía cinco, y los odiaba a todos por sus incesantes ladridos. Ladraban por las mañanas, como si fueran gallos, y por las noches, cuando salía la luna. Ladraban a los cuervos; ladraban a los transeúntes, y a veces ladraban simplemente porque tenían excesivo calor.

—Necesito un perro para uno de mis casos —le explicó—. Se lo devolveré sano y salvo.

Al vecino le halagó la petición.

—Le prestaré éste —accedió—. Es el más viejo de todos y tiene muy buen olfato. Será un buen perro detective.

Mma Ramotswe se llevó al perro con cierta cautela. Era un animal grande y amarillo, con un olor extraño y repugnante. Al anochecer lo subió a la parte trasera de su furgoneta, atándolo a un asa con un trozo de cuerda. Luego se dirigió al río; los faros del vehículo iluminaban en la oscuridad las formas de las acacias y los hormigueros. Por extraño que fuera, se alegraba de tener la compañía del desagradable perro.

Ya a la altura del remanso, mma Ramotswe extrajo de la furgoneta un palo grueso que hundió en la tierra blanda, cerca de la orilla. Después fue a buscar al perro, lo llevó hasta el remanso y lo ató firmemente con la cuerda al palo. De una bolsa sacó un gran hueso y lo puso delante del hocico del can. El animal soltó un gruñido de placer y de inmediato se tumbó para roerlo.

Mma Ramotswe se sentó a sólo unos cuantos metros de distancia, con las piernas envueltas en una manta para ahuyentar los mosquitos, y su viejo rifle sobre las rodillas. Sabía que la espera podía ser larga y que corría el riesgo de quedarse dormida. En tal caso, estaba convencida de que el perro la despertaría en el momento oportuno.

Pasaron dos horas. Los mosquitos la estaban acribillando y le picaba la piel, pero estaba trabajando y nunca se quejaba cuando trabajaba. De repente el perro gruñó. Mma Ramotswe aguzó la vista. De pie y mirando hacia el río sólo distinguía la silueta del perro. El animal volvió a gruñir y soltó un ladrido; de nuevo reinó el silencio. Mma Ramotswe se sacó la manta de las piernas y cogió la potente linterna que tenía al lado. «Ya falta poco», pensó.

Se oyó un ruido y mma Ramotswe supo que había llegado el momento de encender la linterna. Al encenderla vio un enorme cocodrilo que desde la orilla miraba al atemorizado perro.

Al cocodrilo la luz no le importó lo más mínimo, debió de confundirla con la de la luna. No le quitaba el ojo de encima al perro, presa a la que se acercaba lentamente. Mma Ramotswe se puso el rifle sobre el hombro y apuntó con precisión a la cabeza del animal. Apretó el gatillo.

El impacto del disparo lanzó al cocodrilo al aire. De hecho, dio un salto mortal y cayó panza arriba, la mitad del cuerpo en el agua, la otra mitad fuera. Se contorsionó y después ya no se movió más. Había sido un tiro perfecto.

Al soltar el rifle, mma Ramotswe descubrió que estaba temblando. Su papaíto le había enseñado a disparar, y muy bien; sin embargo, no le gustaba disparar contra los animales, especialmente los cocodrilos. Traía mala suerte, pero el deber era el deber. Y, además, ¿qué se le había perdido por ahí? No era habitual encontrar cocodrilos en el río Notwane; seguro que había recorrido muchos kilómetros por tierra o a nado por el crecido Limpopo. ¡Pobre cocodrilo! Su aventura había acabado.

Con un cuchillo se dispuso a abrir la panza de la bestia. Como tenía la piel suave, no tardó en abrirla, y enseguida pudo ver lo que había en el estómago. Dentro había guijarros, que el cocodrilo usaba para digerir la comida, y restos de un pez hediondo. Pero no era eso lo que le interesaba, sino las pulseras, los anillos y el reloj no digeridos que encontró. Estaban corroídos y alguno lo tenía incrustado, pero se podían distinguir entre el variopinto contenido del estómago del animal, prueba palpable del siniestro apetito del cocodrilo.

—¿Pertenecía esto a su marido? —le preguntó a mma Malatsi, dándole el reloj que había encontrado en el estómago del cocodrilo.

Mma Malatsi cogió el reloj y lo miró. Mma Ramotswe hizo una mueca de disgusto; detestaba ser portadora de malas noticias.

Pero mma Malatsi estaba sorprendentemente tranquila.

—Bueno, al menos sé que está con el Señor —comentó—. Y eso es mucho mejor que enterarse de que está en brazos de otra mujer, ¿no cree?

Mma Ramotswe asintió con la cabeza.

—Sí —afirmó.

—¿Ha estado usted casada, mma? —preguntó mma Malatsi—. ¿Sabe lo que es estar casada?

Mma Ramotswe miró por la ventana, desde la que se veía una acacia, y más allá la colina de cumbre achatada.

—Sí, estuve casada —respondió—. Tuve un marido. Era trompetista. Me hacía desdichada y ahora estoy feliz de no tener marido. —Hizo una pausa—. Discúlpeme. No pretendía ser descortés. Acaba de perder a su marido y debe de estar muy triste.

—Un poco —repuso mma Malatsi—, pero tengo un montón de cosas que hacer.

6

El niño

El niño tenía once años y era de baja estatura para su edad. Lo habían intentado todo para conseguir que creciera, pero crecía muy despacio y, ahora, cuando la gente le veía, en lugar de once le calculaban de ocho a nueve años. A él no le importaba lo más mínimo; su padre le había dicho: «Yo también era bajito y ahora, en cambio, soy alto. A ti te pasará lo mismo. Es cuestión de tiempo».

Pero, en su fuero interno, los padres tenían miedo de que algo anduviese mal, de que tal vez no crecía porque tenía la columna torcida. A los cuatro años se había caído de un árbol (quería coger unos huevos de pájaros) y había permanecido largo rato en el suelo sin conocimiento, hasta que su abuela, desesperada, atravesó corriendo el campo de melones, le cogió en brazos y lo llevó a casa; en su mano aún tenía un huevo aplastado. Se había recuperado (eso pensaron entonces), pero les daba la sensación de que caminaba de forma distinta. Le habían llevado a la clínica, donde una enfermera, tras examinarle los ojos y la boca, les había asegurado que el niño estaba completamente sano.

—Los niños se caen muchas veces y casi nunca se rompen nada.

La enfermera puso las manos sobre los hombros del niño y giró su torso a ambos lados.

—¿Lo ven? No tiene nada. Si tuviera algo roto, gritaría de dolor.

Pero años más tarde, viendo que no crecía, la madre recordó aquella caída y se maldijo por haber hecho caso a una enfermera que sólo servía para hacer el examen para detectar la existencia de parásitos intestinales.

El niño era más despierto que el resto. Le gustaba buscar piedras en la tierra roja y limpiarlas con su saliva. Encontró algunas preciosas; azules oscuras o de color cobrizo, como el cielo al anochecer. Las escondía dentro de su sombrero, a los pies del colchón, y le servían para aprender a contar. Los otros niños aprendían a contar usando el ganado, pero a él el ganado no le gustaba mucho; otro rasgo que lo convertía en una persona extraña.

Debido a su curiosidad, que le llevaba a corretear por la sabana con fines misteriosos, sus padres estaban acostumbrados a perderle de vista durante horas. No había riesgo de que le pasara nada, a no ser que tuviera la mala suerte de pisar una víbora bufadora o una cobra. Pero eso nunca ocurrió, y aparecía de repente en el corral del ganado o detrás de las cabras, llevando en la mano su hallazgo: una pluma de buitre o un *tshongololo millipede* seco, el cráneo descolorido de una serpiente.

Ahora el niño se había vuelto a ir por uno de esos caminos que conducían a la polvorienta sabana. Había dado con algo que le interesaba mucho (los excrementos frescos de una serpiente), y siguió las huellas para intentar ver al animal. Sabía que sólo podía tratarse de una serpiente porque en las heces había bolas de piel. Estaba convencido de que la piel era de conejo, en primer lugar por su color, y en segundo lugar porque para las serpientes grandes los conejos eran un manjar. Si encontraba la serpiente, la mataría con una piedra y la despellejaría para hacerse un par de bonitos cinturones, uno para él y otro para su padre.

Pero estaba anocheciendo y debía volver. Además, era imposible ver a una serpiente en una noche sin luna; dejaría el camino y acortaría el trayecto cruzando la sabana en dirección a la pista de tierra que, junto al lecho seco del río, conducía hasta la ciudad.

Encontró la pista sin problemas y se sentó unos minutos en el borde, hundiendo los pies en la suave arena blanca. Estaba hambriento, y sabía que aquella noche había carne con gachas para cenar porque había visto a su abuela cocinando. Su abuela le servía siempre una ración más generosa de la que le correspondía, mayor incluso que la de su padre, y sus hermanas se enfadaban.

—A nosotras también nos gusta la carne. Las chicas también comen carne.

Pero eso no convencía a la abuela.

El niño se levantó y empezó a andar por la pista. Había oscurecido y los árboles y arbustos, negros e informes, se entremezclaban. Un pájaro piaba a lo lejos, un ave nocturna, y los insectos zumbaban. Sintió un leve picotazo en el brazo derecho y se dio una palmada. Era un mosquito.

Entonces, entre el follaje, aparecieron unas luces amarillas. Las luces brillaban y el niño se dio la vuelta. Una furgoneta se estaba acercando a él; no podía ser un coche porque la arena era demasiado honda y suave.

El niño se detuvo en el margen de la pista de tierra y esperó. La furgoneta estaba a punto de alcanzarle. Era pequeña y sus faros daban saltos debido a los baches. El vehículo se paró y el niño usó su mano como visera para poder ver.

—Buenas noches, muchacho —le saludó alguien desde el interior al estilo tradicional.

El niño sonrió y devolvió el saludo. En el interior del vehículo había dos hombres: uno joven al volante y otro mayor a su lado. Aunque no podía ver sus caras, sabía que eran extranjeros. Hablaban setsuana con un acento extraño. Elevaban la voz al final de cada palabra. La gente de la zona no hablaba de esta manera.

—¿Has salido a cazar animales salvajes? No pretenderás cazar un leopardo a estas horas, ¿no?

El niño sacudió la cabeza.

—No, regreso a casa.

—¡Porque te cazaría antes que tú a él!

El niño se echó a reír:

—¡Tiene usted razón, rra! No me gustaría encontrarme con un leopardo esta noche.

—Pues te llevaremos a tu casa. ¿Está muy lejos?

—No, está cerca. Está justo ahí, siguiendo este camino.

El conductor abrió la puerta y bajó de la furgoneta, dejando el motor en marcha, para que el niño pudiera entrar y acceder al asiento del fondo. Luego volvió a subir, cerró la puerta y aceleró. El niño encogió las piernas; había algo en el suelo, tal vez un perro o una cabra; había notado una nariz blanda y húmeda.

Miró un instante al hombre de su izquierda, al hombre mayor. Mirar a alguien fijamente era muy grosero y a oscuras apenas se veía, pero le dio tiempo de verle los ojos y detectar que tenía un problema en el labio. Volvió la cabeza. Un niño no debía nunca mirar así a un hombre mayor. Pero ¿por qué estaba esta gente aquí? ¿Qué habían venido a hacer?

—Es ahí. Ésa es mi casa. ¿La ven? Es ahí, donde están esas luces.

—Sí, la vemos.

—Si quieren, puedo seguir andando. Si paran, seguiré a pie. Hay un camino.

—No vamos a parar. Queremos que hagas algo por nosotros. Necesitamos tu ayuda.

—Pero me están esperando, están esperando a que vuelva.

—Todos tenemos siempre a alguien esperando. Todos.

De pronto se sintió asustado y se giró para mirar al conductor. El hombre joven le sonrió.

—No te preocupes. Tranquilo. Esta noche irás a otro sitio.

—¿Adónde me llevan, rra? ¿Por qué no puedo irme a mi casa?

El hombre mayor puso la mano en el hombro del niño.

—No te pasará nada. Ya irás a casa en otro momento. Sabrán que estás bien. Somos buenas personas. ¿Qué tal si te cuento una pequeña historia? Así estarás entretenido y calladito:

Érase una vez unos vaqueros que cuidaban del ganado de su tío rico. ¡Ese hombre sí que era rico! Era el que más ganado tenía de toda esa zona de Botsuana, y sus reses eran grandes, muy grandes, como de aquí a aquí, pero mucho más grandes.

Un día los vaqueros vieron que había un ternero nuevo entre el ganado. Era un ternero extraño, de muchos colores, distinto a todos los terneros que habían visto antes. ¡Y estaban encantados de tenerlo ahí!

Pero era un ternero muy peculiar. Cada vez que los vaqueros se acercaban a él, se ponía a cantar. No entendían muy bien lo que decía, pero era algo relacionado con el ganado.

A los muchachos les encantaba ese ternero y, precisamente por eso, no vieron que algunas de las reses se estaban apartando del grupo. Cuando se dieron cuenta, habían desaparecido dos.

Y apareció su tío. Un hombre alto, muy alto, con un palo en la mano. Gritó a los chicos y golpeó al ternero, diciendo que las reses raras nunca daban suerte.

De modo que el ternero murió, no sin antes susurrarles algo a los chicos, que en esta ocasión sí entendieron. Lo que les dijo era muy especial, y cuando le explicaron a su tío lo que el ternero había dicho, el tío se arrodilló y gimió.

Verás, el ternero era su hermano, que tiempo atrás había sido devorado por un león y que ahora había regresado. Este hombre acababa de matar a su hermano y nunca más volvió a ser feliz. Estaba triste. Muy triste.

El niño miraba al hombre mientras éste le contaba la historia. De pronto entendió lo que estaba sucediendo. Sabía lo que iba a pasar.

—¡Sujétale! ¡Agárrale de los brazos! Como no lo sujetes, tendremos un accidente.

—Es lo que intento hacer, pero no se está quieto.

—¡Sujétale! Pararé enseguida.

7

Mma Makutsi y el correo

El éxito del primer caso animó a mma Ramotswe. Había solicitado por escrito, y recibido, un manual para detectives privados, que estaba leyendo detenidamente y del que tomaba notas. No creía haber cometido ningún error en su primer caso. Había averiguado toda la información necesaria por un simple proceso de listado de las fuentes probables y posterior investigación de las mismas; una tarea no demasiado complicada. Siempre que se fuera metódica, era casi imposible equivocarse.

Luego había tenido una corazonada sobre el cocodrilo y la había seguido. De nuevo, el manual consideraba eso una práctica perfectamente aceptable. «No subestime su intuición —advertía el libro—. La intuición es otra forma de conocimiento.» A mma Ramotswe le había gustado esa frase y se la había leído a mma Makutsi. Su secretaria había escuchado con atención, había escrito la frase a máquina y se la había dado a mma Ramotswe.

La compañía de mma Makutsi era agradable y era muy buena mecanógrafa. Había pasado a máquina un informe sobre el caso Malatsi que mma Ramotswe le había dictado, así como la factura para mandársela a mma Malatsi. Pero, aparte de eso, no había hecho nada más, y mma Ramotswe se preguntaba si realmente se podía permitir una secretaria.

No obstante, debía tener una. ¿Qué clase de agencia de detectives privados no tenía secretaria? Sería el hazmerreír de todos, y los clientes (en el caso de que hubiera más, lo que estaba aún por ver) se irían corriendo.

Evidentemente, mma Makutsi se ocupaba de abrir el correo. Durante los tres primeros días no se recibió nada. El cuarto, llegaron un catálogo y un impuesto de compra de propiedades, y el quinto día, una carta dirigida al anterior propietario.

Más tarde, a comienzos de la segunda semana, mma Makutsi abrió un sobre blanco, manchado con huellas dactilares, y le leyó la carta a mma Ramotswe:

Querida mma Ramotswe:
He leído en el periódico que acaba de abrir una nueva agencia en su ciudad. Estoy encantado de que en Botsuana haya una persona como usted.

Soy el profesor del colegio del pueblo de Katsana, que está a cuarenta y ocho kilómetros de Gaborone, muy cerca de donde nací. Estudié en el Teacher's College, hace muchos años, y me licencié con doble distinción. Mi mujer y yo tenemos dos hijas, y además un hijo de once años. Hace dos meses que nuestro hijo ha desaparecido y no sabemos nada de él.

Fuimos a la policía. Iniciaron una gran búsqueda y preguntaron en todas partes. Nadie sabía nada de él. Pedí horas libres en el colegio y escudriñé los alrededores de nuestro pueblo. No muy lejos de aquí hay dos *kopjes* rocosos con cuevas. Busqué en todas las cuevas y grietas, pero no le encontré.

Como le apasionaba la naturaleza, salía mucho a pasear. Se pasaba el día cogiendo piedras y cosas así. Conocía la sabana y sé que nunca habría cometido una imprudencia. Por aquí ya no hay leopardos, y el Kalahari está muy lejos como para que vengan los leones.

He recorrido toda la zona y no he obtenido respuesta. He estado en el pozo de cada granjero y cada pueblo, y les he pedido que buscaran en su interior. Ni rastro de mi hijo.

¿Cómo puede un niño desaparecer de la faz de la Tierra de esta forma? Si no fuese cristiano, creería que se lo ha llevado algún espíritu maligno, pero sé que, en realidad, ese tipo de cosas no ocurre.

No soy rico. No puedo pagar un detective privado, pero por lo que más quiera, mma, le pido que me haga un pequeño favor. Le ruego que, cuando esté investigando algún caso y hablando con gente que le pueda dar pistas, pregunte por un niño llamado Thobiso, de once años y cuatro meses, hijo del profesor de Katsana. Simplemente pregunte y, si se entera de algo, hágaselo saber al abajo firmante, yo mismo, el profesor.

Que Dios la bendiga,
Ernest Molai Pakotati, diplomado en Educación

Mma Makutsi dejó de leer y miró a mma Ramotswe. Durante breves instantes, nadie habló. Luego mma Ramotswe rompió el silencio.

—¿Sabe usted algo de todo esto? —preguntó—. ¿Le han llegado noticias de un niño desaparecido?

Mma Makutsi frunció el ceño.

—Me parece que sí. Si no me equivoco, salió algo en el periódico acerca de la búsqueda de un niño. Creían que se había escapado de casa por algún motivo.

Mma Ramotswe se levantó y le quitó la carta a su secretaria. La sujetó con la mano como si estuviera aportando una prueba instrumental en un tribunal, con cuidado, para no molestar al testigo. Le daba la sensación de que la carta, un simple trozo de papel, tan ligero en realidad, estaba cargada de dolor.

—No creo que pueda ayudar mucho —comentó en voz baja—. Le diré a ese pobre padre que estaré atenta. Pero ¿qué más puedo hacer? Él conoce la sabana que rodea Katsana, conoce a la gente. No hay mucho que yo pueda hacer.

Mma Makutsi parecía aliviada.

—No —repuso—, no podemos ayudarle.

Mma Ramotswe le dictó una carta a mma Makutsi, que ésta escribió cuidadosamente a máquina. La metieron en un sobre con sello y la pusieron en la nueva caja roja que mma Ramotswe había comprado en el Botsuana Book Centre. Era la segunda carta que enviaban desde la Primera Agencia Femenina de Detectives; la primera había sido una factura de doscientas cincuenta pulas para mma Malatsi, en cuya parte superior mma Makutsi había escrito a máquina: «Marido fallecido. Investigación del misterio de su muerte».

Aquella noche, en su casa de Zebra Drive, mma Ramotswe se preparó un estofado de ternera con calabaza para cenar. Le encantaba estar en la cocina, removiendo el guiso, repasando los acontecimientos del día, bebiendo una gran taza de té que colocaba junto a la estufa. Habían pasado muchas cosas ese día, aparte de la llegada de la carta. Había venido un hombre quejándose de un impagado y ella, a regañadientes, había accedido a ayudarle a recuperar el dinero. No estaba segura de que una detective privada debiera ocuparse de casos semejantes (el manual no decía nada al respecto), pero no había sabido resistirse a la insistencia del hombre. También había recibido la visita de una mujer que estaba preocupada por su marido.

—Llega a casa oliendo a perfume y sonriendo —explicó la mujer—. ¿No es extraño?

—A lo mejor está viendo a otra mujer —se aventuró a decir mma Ramotswe.

La mujer la había mirado horrorizada.

—¿Acaso cree que mi marido haría eso? ¿Eh?

Habían discutido la situación y acordaron que la mujer tantearía a su marido sobre el tema.

—Es posible que haya otra explicación —quiso tranquilizarla mma Ramotswe.

—¿Por ejemplo?

—Bueno...

—Muchos hombres llevan perfume hoy en día —sugirió mma Makutsi—. Creen que de esa forma huelen mejor. Ya sabe cómo huelen los hombres.

La clienta había girado su silla y mirado con fijeza a mma Makutsi.

—Mi marido no huele mal —afirmó—. Es muy limpio.

Mma Ramotswe le había dirigido a su secretaria una mirada de reproche. Tendría que hablar con ella y decirle que se abstuviera de hacer comentarios delante de los clientes.

Pero independientemente de lo que hubiese sucedido ese día, su mente volvía una y otra vez a la carta del profesor y a la historia del niño desaparecido. El pobre hombre debía de estar muy preocupado. Igual que la madre. No había dicho nada de ninguna madre, pero seguro que había una o, cuando menos, una abuela. Se imaginaba lo que les debía de haber pasado por la cabeza al ver que las horas iban transcurriendo y no había ni rastro del niño. Podía estar en peligro, tal vez estuviera atrapado en un viejo pozo, afónico de tanto gritar, mientras sus rescatadores le buscaban por los alrededores; tal vez alguien le hubiera raptado, secuestrado en plena noche. ¿Quién podía ser tan cruel para hacerle algo así a un niño inocente? ¿Cómo podía alguien resistirse al llanto de un niño suplicando volver a casa? Le horrorizaba que tales cosas pudieran ocurrir precisamente ahí, en Botsuana.

Empezó a preguntarse si ése era el trabajo adecuado para ella. La idea de ayudar a la gente a solucionar sus problemas era muy bonita, pero los problemas podían ser desgarradores. El caso Malatsi había sido insólito. Se había imaginado que mma Malatsi iba a quedar destrozada cuando se enterara de que su marido había sido devorado por un cocodrilo, pero la mujer no había dado muestra alguna de sorpresa. ¿Qué había dicho?: «Tengo un montón de cosas que hacer». No era una frase propia de alguien que acababa de enviudar. ¿Tan poco apreciaba a su marido?

Mma Ramotswe paró de remover con la cuchara medio hundida en el jugoso estofado. Mma Christie siempre hacía sospechar al lector de alguien que se mostraba tan indiferente. ¿Qué habría pensado mma Christie de la fría reacción de mma Malatsi? ¿De su aparente indiferencia? Habría pensado: «¡Esta mujer ha matado a su marido! Por eso no se inmuta al enterarse de la noticia de su muerte. ¡Ya sabía que estaba muerto!»

Pero ¿y el cocodrilo, el bautizo y el resto de pecadores? No, tenía que ser inocente. Quizá quería que muriera, y el cocodrilo había sido la respuesta a sus oraciones. ¿La convertía eso en una asesina ante los ojos de Dios? Porque Dios sabía si alguien había deseado la muerte de otra persona; era imposible esconderle algo a Dios. Todo el mundo lo sabía.

Dejó de remover. Había llegado el momento de sacar el estofado del fuego y comérselo; al fin y al cabo, ésa era la solución a los grandes problemas. Una podía pensar y pensar, pero no podía dejar de comerse el estofado con la calabaza. La calabaza ayudaba a mantener los pies en el suelo; daba una razón para seguir adelante. La calabaza.

8
Conversación con el señor
J. L. B. Matekoni

Los números no cuadraban. Al término del primer mes de su apertura, la Primera Agencia Femenina de Detectives tenía considerables pérdidas. Tres clientes habían pagado, y otros dos habían ido a pedir consejo, que habían recibido, negándose luego a pagar. Mma Malatsi había pagado las doscientas cincuenta pulas; Happy Bapetsi, doscientas pulas por la solución del enigma de su falso padre; y un comerciante local, cien pulas por averiguar quién estaba usando su teléfono a escondidas para efectuar llamadas a Francistown. El total ascendía a unas quinientas cincuenta pulas, pero el salario de mma Makutsi era de quinientas ochenta pulas. Lo que significaba que había una pérdida de treinta pulas, eso sin tener en cuenta otros gastos generales, como la gasolina para la pequeña furgoneta blanca y la luz del despacho.

Naturalmente, los negocios necesitaban un tiempo para ponerse en marcha, y mma Ramotswe lo entendía, pero ¿cuánto aguantaría con pérdidas? Aún le quedaba un poco de dinero de la herencia de su padre, pero no podía vivir de eso eternamente. Debería haberle hecho caso a su padre. Él quería que montara una carnicería; habría sido un negocio mucho más seguro. ¿Cómo lo llamaban? Inversión en valores seguros. ¿Y qué tenía eso de emocionante?

Pensó en el señor J. L. B. Matekoni, propietario de Tlokweng

Road Speedy Motors. ¡Ese negocio sí que estaría dando beneficios! Seguro que no tenía problemas de clientela porque todo el mundo sabía que era un excelente mecánico. Ésa era la diferencia entre ellos, pensó; él sabía lo que estaba haciendo y ella no.

Mma Ramotswe conocía al señor J. L. B. Matekoni desde hacía muchos años. Era de Mochudi, y su tío había sido muy amigo de su padre. El señor J. L. B. Matekoni tenía cuarenta y cinco años, diez más que mma Ramotswe, pero se consideraba de la misma edad que ella, y al hacer un comentario cualquiera, a menudo decía: «Para los de nuestra generación...»

Era una persona agradable, y a mma Ramotswe le extrañaba que nunca se hubiera casado. No era guapo, pero su rostro tenía una expresión de tranquilidad y equilibrio. Era el tipo de marido que a cualquier mujer le habría gustado tener en casa: repararía cosas, no saldría por las noches, e incluso tal vez ayudaría en las tareas domésticas, algo que la mayoría de hombres no haría ni en sueños.

Y, sin embargo, se había quedado soltero y vivía solo en una gran casa cerca del viejo campo de aviación. Algunas veces, al pasar por delante con la furgoneta, mma Ramotswe le veía sentado en su porche; solo, acomodado en una silla, contemplando los árboles que crecían en su jardín. ¿En qué pensaba un hombre como él? ¿Se sentaba ahí y reflexionaba sobre lo bonito que sería tener una mujer y unos niños correteando por el jardín, o pensaba en el taller y en los coches que había arreglado? Era imposible adivinarlo.

Mma Ramotswe disfrutaba yendo a verle al taller y charlando con él en su grasiento despacho con montones de recibos y encargos de piezas de recambio. Le encantaba fijarse en los calendarios de la pared, que tenían las típicas fotografías que les gustan a los hombres. Disfrutaba bebiendo té en una de sus tazas recubiertas de grasientas huellas mientras sus dos empleados, con la ayuda de gatos, levantaban coches bajo los que hacían su ruidoso trabajo.

Al señor J. L. B. Matekoni también le encantaban esos encuentros. Hablaban de Mochudi o de política, o simplemente intercambiaban anécdotas de la jornada. Él le contaba quién le había traído su coche, qué había que reparar, quién había comprado gasolina ese día y adónde había dicho que se dirigía.

Pero aquel día hablaron de finanzas y de las dificultades de tener una empresa de servicios.

—Los costes de los empleados son el mayor problema —afirmó el señor J. L. B. Matekoni—. ¿Ve a esos dos chicos de ahí, debajo del coche? No se puede imaginar lo que me cuestan. Salarios, impuestos, un seguro que los cubra en caso de que el coche les aplaste la cabeza… Y la cosa va sumando. Al cabo del día no me suelen quedar más de una o dos pulas para mí.

—Pero al menos no tiene pérdidas —le consoló mma Ramotswe—. Yo llevo un mes con el negocio y ya debo treinta pulas. Y seguro que la cosa irá a peor.

El señor J. L. B. Matekoni suspiró.

—Los gastos del personal —comentó—. La secretaria que tiene, la de las gafas grandes. En eso debe de estar yéndose el dinero.

Mma Ramotswe asintió.

—Lo sé —reconoció—. Pero en un despacho se necesita una secretaria. Si no la tuviera, no podría salir en todo el día. No podría venir aquí, a verle. No podría ir de tiendas.

El señor J. L. B. Matekoni cogió su taza.

—Entonces lo que necesita son clientes mejores —anunció—. Necesita un par de buenos casos. Clientes ricos.

—¿Ricos?

—Sí, como…, como el señor Patel, por ejemplo.

—¿Y por qué iba él a necesitar a una detective privada?

—Los ricos también tienen problemas, mma —aseguró el señor J. L. B. Matekoni—. Nunca se sabe.

Se quedaron callados, observando cómo los dos empleados sacaban una rueda del coche que estaban reparando.

—¡Si serán estúpidos! —exclamó el señor J. L. B. Matekoni—. No es necesario sacar la rueda.

—He estado pensando —dijo mma Ramotswe—. El otro día recibí una carta. Lo que decía me entristeció mucho y empecé a preguntarme si realmente había sido una buena idea esto de ser detective.

Le explicó lo de la carta del niño desaparecido y lo mal que se había sentido por no poder ayudar al padre.

—No pude hacer nada por él —se lamentó—. Yo no hago milagros. Pero me dio mucha pena. El hombre creía que su hijo se había perdido en medio de la sabana o que le había atacado algún animal. ¿Cómo puede un padre soportar tanto dolor?

El señor J. L. B. Matekoni resopló.

—Lo vi en el periódico —comentó—. Leí lo de la búsqueda y de inmediato supe que no serviría de nada.

—¿Por qué? —preguntó mma Ramotswe.

El señor J. L. B. Matekoni permaneció callado unos instantes. Mma Ramotswe le miró y luego miró la acacia que había detrás de la ventana. Las pequeñas hojas de color verde grisáceo, como briznas de hierba, se habían doblado para protegerse del calor; y más allá estaba el cielo inmenso, blanco de tan claro, y el olor a polvo.

—Porque ese niño está muerto —respondió él, dibujando con el dedo una forma en el aire—. No le ha atacado ningún animal, al menos no un animal normal. Ha sido posiblemente un *santawana*, o un *thokolosi*. Por supuesto.

Mma Ramotswe estaba callada. Se imaginaba al padre, al padre del niño muerto, y le vino a la memoria aquella horrible tarde en Mochudi, en el hospital, cuando la enfermera se había acercado a ella, llorando. Perder a un hijo de esa manera marcaba un antes y un después en la vida de cualquier persona. Ya nada volvía a ser como antes. Ya no había estrellas. Ni luna. Y los pájaros no piaban.

—¿Por qué cree que está muerto? —preguntó mma Ramotswe—. A lo mejor se perdió y…

El señor J. L. B. Matekoni movió su cabeza.

—No —dijo—. Ese niño ha sido raptado para una brujería. Ahora está muerto.

Dejó la taza vacía sobre la mesa. Afuera, en el taller, un tirante de rueda se cayó estrepitosamente, haciendo un ruido metálico.

Mma Ramotswe miró a su amigo. De ese tema no se hablaba nunca. Era un tema que hacía estremecer al más fuerte de los corazones. Era totalmente tabú.

—¿Cómo puede estar tan seguro?

El señor J. L. B. Matekoni sonrió.

—Venga, mma Ramotswe. Sabe tan bien como yo lo que ha pasado, pero no nos gusta hablar de ello, ¿verdad? Es de lo que más nos avergonzamos los africanos. Sabemos lo que ocurre, pero hacemos la vista gorda. Sabemos perfectamente qué pasa con los niños desaparecidos. Perfectamente.

Ella clavó la vista en él. Estaba claro que decía la verdad; era un hombre bueno y honesto. Y probablemente tuviera razón. Por mucho que todos se empeñasen en buscar explicaciones más ingenuas a la desaparición del niño, lo más probable es que hubiera sucedido exactamente lo que el señor J. L. B. Matekoni había dicho. El niño había sido raptado por un hechicero y asesinado con fines medicinales. Allí, en Botsuana, a fines del siglo XX, bajo una orgullosa bandera, en medio de todo lo que hacía de Botsuana un país moderno, había pasado una cosa así, un corazón malvado que latía ruidosamente como un tambor. El niño había sido asesinado porque alguien poderoso le había encargado al hechicero la preparación de medicamentos vigorizantes.

Mma Ramotswe bajó la vista.

—Puede que tenga razón —reconoció—. Ese pobre niño…

—Por supuesto que tengo razón —repuso el señor J. L. B. Matekoni—. ¿Por qué cree que ese hombre le ha escrito una carta a usted? Porque la policía no hará nada por encontrar al muchacho ni por esclarecer los hechos. Porque están asustados. Están todos asustados. Tan asustados como yo o esos dos empleados que están debajo del coche. Miedo, mma Ramotswe. Temor por nuestras vidas. Todos tenemos miedo, puede que hasta usted.

Aquella noche mma Ramotswe se fue a la cama a las diez, media hora más tarde que habitualmente. A veces le gustaba echarse en la cama, encender la lámpara y leer una revista. Pero ahora estaba cansada y la revista se le escurría entre los dedos, frustrando sus intentos por mantenerse despierta.

Apagó la luz y rezó sus oraciones, susurrando las palabras como si en la casa hubiese alguien escuchándola. Siempre pedía por lo mismo, por el alma de su padre, Obed, por Botsuana, y por la lluvia que hacía crecer las cosechas y engordar el ganado, y por su bebé, que ahora estaba a salvo en los brazos de Jesús.

Se despertó de madrugada, aterrorizada, con el pulso irregular y la boca seca. Se incorporó y buscó a tientas el interruptor, pero la luz no se encendió. Apartó la sábana (no era necesario usar mantas con el calor que hacía) y salió de la cama.

La luz del pasillo tampoco funcionaba, ni la de la cocina, donde la luna proyectaba sombras y siluetas en el suelo. Miró por la ventana, era de noche. Estaba todo a oscuras; había habido un apagón.

Abrió la puerta trasera y salió descalza al jardín. La ciudad estaba en penumbra, los árboles tenían formas oscuras e indeterminadas, parecían un manto negro.

—¡Mma Ramotswe!

Se quedó inmóvil, paralizada de terror. Había alguien en su jardín, observándola. Alguien había susurrado su nombre.

Intentó decir algo, pero su boca no emitió sonido alguno. Además, hablar podía ser peligroso. De modo que retrocedió, lentamente, paso a paso, hacia la puerta de la cocina. Una vez dentro, cerró la puerta de golpe y buscó la cerradura con la mano. Al girar la llave volvió la luz, inundando la habitación. La nevera empezó a zumbar; una luz de la cocina parpadeaba: 3:04; 3:04.

9

El novio

Había tres casas excepcionales en el país y mma Ramotswe se sentía bastante orgullosa de que la hubieran invitado a dos de ellas. La más conocida era Mokolodi, un enorme edificio parecido a un palacio situado en plena sabana, al sur de Gaborone. Esta casa, cuya entrada tenía verjas en las que se habían esculpido cálaos de hierro, era probablemente la residencia más grandiosa del país, y con toda seguridad bastante más impresionante que Phakadi, al norte, que a su modo de ver estaba demasiado cerca de los estanques de aguas residuales. Claro que eso también tenía sus ventajas, porque los estanques atraían a una gran variedad de pájaros, y desde el porche de la mansión podían verse bandadas de flamencos posándose en sus turbias y verdosas aguas. Pero eso no se podía hacer si el viento soplaba en la dirección equivocada, lo cual ocurría a menudo.

La exquisitez de la tercera casa sólo podía sospecharse porque se invitaba a entrar a muy pocas personas, y todo Gaborone debía fiarse de lo que se veía desde fuera, lo cual no era gran cosa, ya que estaba rodeada por un gran muro blanco, o de los informes que daban quienes habían entrado en ella por algún motivo en especial; informes que elogiaban unánimemente la extraordinaria opulencia que reinaba en el interior.

—Es como Buckingham Palace —comentó una mujer a la que

habían llamado para ocuparse de las flores en una celebración familiar—, pero mejor. Hasta la Reina debe de vivir con más austeridad que esa gente.

La gente en cuestión era la familia de Paliwalar Sundigar Patel, dueño de ocho tiendas, cinco en Gaborone y tres en Francistown, un hotel en Orapa, y una gran tienda de artículos deportivos en Lobatsi. Era, sin duda, uno de los hombres más ricos del país, si no el más rico, pero para los batsuanos eso carecía de importancia, ya que no había destinado parte de su dinero a la compra de ganado, y, como todo el mundo sabía, el dinero que no se invertía en reses no era más que papel mojado.

El señor Patel había venido a Botsuana en 1967, a la edad de veinticinco años. Por aquel entonces no tenía mucho dinero, pero su padre, un comerciante de algún lugar remoto de Zululandia, se lo había prestado para que comprara su primera tienda en el gran centro comercial llamado African Mall. La tienda había tenido mucho éxito; el señor Patel compraba artículos a bajo precio a comerciantes en apuros y luego los revendía con un margen mínimo. El negocio floreció, y abrió una tienda tras otra, siguiendo en todas los mismos criterios comerciales. Pero al cumplir cincuenta años dejó de expandir su imperio y se concentró en el mejoramiento y educación de su familia.

Tuvo cuatro hijos: un varón, Wallace; dos gemelas, Sandri y Pali; y la pequeña, llamada Nandira. Para satisfacer las expectativas del señor Patel de convertir a Wallace en un caballero, le habían enviado a un caro internado de Zimbabue. Allí había aprendido a jugar a críquet y a ser cruel. Previa entrega de un importante donativo, le habían admitido en la Facultad de Odontología, y después había vuelto a Durban, donde abrió una consulta de cirugía dental. «Por cuestiones de comodidad» en algún momento dado había acortado su apellido y se había convertido en Wallace Pate, Licenciado en Cirugía Dental (Natal).

Al señor Patel no le había gustado nada el cambio.

—¿Por qué ahora, si puede saberse, te llamas Wallace Pate, Licenciado en Cirugía Dental (Natal)? ¿Por qué? ¿Te avergüenzas de tu apellido o qué? ¿Y yo cómo tengo que llamarme entonces? ¿Paliwalar Patel, Licenciado en Filosofía y Letras (Fracasado)?

El hijo había intentado calmar a su padre.

—Los nombres cortos son más fáciles, padre. Pate, Patel, suenan igual. ¿Qué más da que le quite una letra del final? Lo moderno es ser breve. Hay que ir con los tiempos. Todo es moderno, hasta los nombres.

A las gemelas no se les había exigido tanto. Ambas habían sido mandadas a Natal para encontrar marido, cosa que habían hecho tal como su padre esperaba. Los dos yernos se habían incorporado al negocio, demostrando tener talento para los números y entender la importancia de que los márgenes de beneficio fueran pequeños.

Faltaba Nandira, que entonces tenía dieciséis años y era alumna del Maru-a-Pula School de Gaborone, el colegio mejor y más caro de todo el país. Era muy inteligente, siempre sacaba unas notas brillantes, y estaba previsto que contrajera matrimonio más adelante, probablemente en su vigésimo cumpleaños, edad que el señor Patel consideraba adecuada para que una chica se casara.

Toda la familia, incluidos los yernos, los abuelos y algunos primos lejanos, vivía en la mansión de los Patel, cerca del viejo Botswana Defence Force Club. En ese terreno había habido más casas, casas al estilo colonial con amplios porches y pantallas antimosquitos, pero el señor Patel las había hecho derruir para construirse la suya. De hecho, eran varias casas juntas, que formaban la finca familiar.

—A quienes hemos nacido en India nos gusta vivir en recintos cerrados —le había explicado el señor Patel al arquitecto—. Verá, nos gusta poder ver lo que pasa en la familia.

El arquitecto, al que se le había dado carta blanca, diseñó una casa en la que dio rienda suelta a todos los caprichos arquitectónicos que otros clientes más exigentes y menos adinerados le habían ido reprimiendo a lo largo de los años. Para su asombro, el señor Patel estuvo de acuerdo en todo, y la construcción resultó ser bastante de su agrado. Se decoró al estilo que podría llamarse «Rococó de Delhi», con un montón de dorado en muebles y cortinas, y en las paredes valiosos cuadros de santos hindúes y ciervos salvajes cuya mirada los perseguía a todos por la habitación.

Cuando las gemelas se casaron, en una lujosa ceremonia en Durban con más de quinientos invitados, recibieron una vivienda cada una; se habían hecho obras de ampliación en la mansión. Además, a cada yerno se le dio un Mercedes-Benz de color rojo con sus iniciales grabadas en la puerta. Eso hizo necesario que también se ampliara el garaje, dado que ahora había que aparcar cuatro Mercedes: el del señor Patel, el de la señora Patel (conducido por un chófer), y los dos de los yernos.

Su primo mayor le había dicho en la boda, en Durban:

—Escúcheme bien, los hindúes tenemos que ir con cuidado. No debería ir derrochando el dinero por ahí. A los africanos eso no les gusta, y aprovecharán cualquier oportunidad para quitárnoslo todo, ¿entiende? Mire lo que pasó en Uganda. Ya ha oído lo que han dicho algunos exaltados de Zimbabue. Imagínese lo que nos harían los zulúes, si pudieran. Tenemos que ser discretos.

El señor Patel había sacudido la cabeza:

—Pero Botsuana es diferente. Aquí no hay ningún peligro, de verdad que no. Son gente tranquila. Si los viera, con todos los diamantes que tienen. Los diamantes crean un clima de tranquilidad, créame.

El primo le había ignorado:

—Porque África es así —continuó—. Un día va todo muy bien, y a la mañana siguiente te despiertas y descubres que te han cortado la cabeza. Sólo le digo que vaya con cuidado.

El señor Patel se había tomado en serio el consejo hasta cierto punto y había aumentado la altura del muro que rodeaba su casa para que la gente no pudiera ver el lujo que había en su interior. En cuanto a sus grandes coches, bueno, había muchos en la ciudad y nadie tenía por qué fijarse en ellos.

Mma Ramotswe se alegró mucho cuando el señor Patel le telefoneó para pedirle que fuera alguna noche a verle a su residencia. Acordaron reunirse esa misma noche. Mma Ramotswe pasó por casa para arreglarse antes de acudir a la mansión de los Patel, pero no se fue sin antes llamar al señor J. L. B. Matekoni.

—¿No me dijo que tenía que encontrar un cliente rico? Pues ya tengo uno. El señor Patel.

El señor J. L. B. Matekoni suspiró.

—Es un hombre muy rico —afirmó—. Tiene cuatro Mercedes-Benz. ¡Cuatro! Todos van bien menos uno, que ha tenido problemas de transmisión, creo que nunca había visto un embrague en tan mal estado, y he tardado varios días en conseguir un disco nuevo…

En la mansión de los Patel no se entraba empujando la verja; ni se podía aparcar fuera y tocar la bocina, como hacían el resto de los mortales. En la residencia de los Patel había que tocar un timbre colocado en el muro, y respondía una voz aguda a través de un pequeño altavoz colgado más arriba de tu cabeza.

—Residencia de los Patel, ¿qué desea?

—Soy mma Ramotswe —respondió ella—. Soy detective…

La voz emitió un chasquido.

—¿Detective? ¿Qué clase de detective?

Mma Ramotswe iba a responder cuando se oyó otro chasquido y la puerta empezó a abrirse. Había aparcado su pequeña furgoneta en la esquina, para guardar las apariencias, por lo que entró en la finca andando. En su interior, se encontró primero con un terreno transformado en un bosquecillo de exuberante vegetación y cubierto por un toldo de malla. En el otro extremo del jardín estaba la entrada a la casa propiamente dicha, con una formidable puerta flanqueada por altas columnas blancas y macetas con plantas. El señor Patel salió a recibirla y la saludó agitando su bastón.

Ella le había visto con anterioridad, naturalmente, y sabía que tenía una pierna postiza, pero nunca le había visto tan de cerca, y no se había imaginado que fuera tan bajo. No es que mma Ramotswe fuera alta; más que de gran estatura gozaba de una gordura generosa, pero aun así el señor Patel tuvo que alzar la vista al darle la mano e invitarla con un gesto a entrar.

—¿Es la primera vez que viene? —preguntó, sabiendo perfectamente que sí—. ¿No ha estado en ninguna de mis fiestas?

«Otra mentira», pensó mma Ramotswe. El señor Patel nunca daba fiestas, y se preguntó por qué razón estaría mintiendo.

—No —se limitó a responder—. Nunca me ha invitado.

—¡Vaya! —exclamó, sonriendo—. ¡Cuánto lo siento!

La condujo a través del vestíbulo, una larga habitación con brillante suelo de mármol blanco y negro. Estaba llena de objetos de bronce, un bronce caro y pulido, y todo relucía.

—Iremos a mi despacho —comentó—. Es mi rincón privado, el resto de la familia tiene prohibido entrar. Saben que no deben molestarme, aunque la casa esté ardiendo en llamas.

El despacho era otra habitación enorme, dominada por un gran escritorio en el que había tres teléfonos y un sofisticado tintero. Mma Ramotswe echó un vistazo al tintero, que consistía en varios soportes de cristal para las plumas, apoyados sobre diminutos colmillos de elefante, tallados en marfil.

—Tome asiento, por favor —ofreció el señor Patel, señalando un sillón de cuero blanco—. A mí me cuesta un poco sentarme porque llevo una prótesis. Estoy esperando a que fabriquen alguna mejor. La que llevo es italiana y me costó un dineral, pero creo que puede mejorarse. Tal vez en Estados Unidos.

Mma Ramotswe se hundió en el sillón y miró a su anfitrión.

—Iré directo al grano —anunció el señor Patel—. No vale la pena que nos andemos por las ramas, ¿no cree?

Hizo una pausa, esperando la confirmación de mma Ramotswe, que asintió con la cabeza.

—Verá, soy un hombre hogareño —continuó—. Tengo una familia feliz y vivimos todos en esta casa, a excepción de mi hijo, un prestigioso dentista de Durban. Tal vez haya oído hablar de él. Ahora se hace llamar Pate.

—Sé quién es —repuso mma Ramotswe—. La gente habla muy bien de él, incluso aquí.

El señor Patel sonrió.

—Muchas gracias, es muy amable por su parte. Pero mis otros hijos también son muy importantes. No hago diferencias, para mí son todos iguales. Completamente iguales.

—Ésa es la mejor forma de educar —observó mma Ramotswe—. Si se le da a uno más que a otro, surgen conflictos.

—Exacto, tiene toda la razón —confirmó el señor Patel—. Los niños saben si sus padres le dan más caramelos a un hijo que a otro. Saben contar igual que nosotros.

Mma Ramotswe asintió de nuevo, preguntándose adónde quería ir a parar.

—Luego están mis hijas mayores, las gemelas —prosiguió—, que están bien casadas y viven aquí también. Hasta ahí no hay ningún problema. Falta la pequeña, mi pequeña Nandira. Tiene dieciséis años y estudia en el Maru-a-Pula. Saca buenas notas, pero...

Se detuvo y miró a mma Ramotswe con los ojos entornados.

—Ya sabe cómo son los adolescentes, y tal como están las cosas hoy en día...

Mma Ramotswe se encogió de hombros.

—Suelen ser problemáticos. He visto a padres llorando a lágrima viva por sus hijos.

El señor Patel alzó de pronto su bastón y se dio un golpe en la prótesis para dar énfasis. Sonó completamente hueca y metálica.

—Por eso estoy preocupado —insistió con vehemencia—. Eso es lo que está pasando. Y no pienso tolerarlo, en mi familia, no.

—¿El qué? —preguntó mma Ramotswe—. ¿Que sea adolescente?

—Hablo de los chicos —contestó el señor Patel amargamente—. Nandira se está viendo con un chico a escondidas. Ella lo niega, pero yo sé que hay un chico. Y no pienso permitirlo, digan lo que digan las teorías modernas que corren por ahí. No en esta familia, en esta casa.

Mientras el señor Patel hablaba, la puerta de su despacho, que había cerrado al entrar, se abrió y apareció una nativa que saludó cortésmente a mma Ramotswe en setsuana antes de ofrecerle una bandeja con varios vasos de zumos de frutas. Mma Ramotswe eligió uno de zumo de guayabo y le dio las gracias a la criada. El señor Patel eligió uno de naranja, después echó a la criada del despacho agitando con impaciencia el bastón en el aire, y aguardó a que se hubiera ido para seguir hablando.

—Ya he hablado con ella del asunto —prosiguió—. Se lo he dejado muy claro. Le he dicho que me trae sin cuidado lo que hagan los demás, el problema es de sus padres, no mío. Pero le he prohibido terminantemente que quede con chicos o que se vea con ellos al salir del colegio, y punto.

Repiqueteó suavemente con el bastón sobre su prótesis y luego miró expectante a mma Ramotswe.

Ella se aclaró la garganta.

—¿Quiere que haga algo relacionado con este asunto? —preguntó en voz baja—. ¿Por eso me ha pedido que viniera?

El señor Patel asintió.

—Ha dado en el clavo. Quiero que averigüe quién es el chico y luego yo hablaré con él.

Mma Ramotswe se quedó mirando al señor Patel. ¿Acaso tenía alguna idea, se preguntó, de cómo se comportaba la juventud hoy en día, sobre todo en un colegio como el Maru-a-Pula, donde había muchos extranjeros, incluso niños de la Embajada de Estados Unidos y sitios así? Había oído hablar de que los padres indios concertaban matrimonios, pero nunca se había encontrado con un caso de frente. Y ahí estaba el señor Patel, dando por sentado que ella le daría la razón; que estaría totalmente de acuerdo con él.

—¿No sería mejor que hablara usted con ella? —preguntó mma Ramotswe con suavidad—. Si le preguntara quién es ese chico, quizá se lo diría.

El señor Patel cogió el bastón y se dio golpecitos en su pierna metálica.

—Se equivoca —repuso con brusquedad, levantando la voz—. Se equivoca. Llevo tres o tal vez cuatro semanas preguntándoselo y no me contesta. Se ha cerrado en banda.

Mma Ramotswe permaneció un rato mirando al suelo, consciente de que el señor Patel la observaba con expectación. Había tomado la decisión de no rechazar nunca a un cliente a menos que le pidieran cometer un crimen. Su norma aparentemente funcionaba; ya se había dado cuenta de que sus ideas acerca de la prestación de ayuda y de lo que era moral o no habían ido cambiando al descubrir todos los factores que su profesión conllevaba. Tal vez sucediera eso con el señor Patel; pero incluso de no ser así, ¿había suficientes razones de peso para rechazarle? ¿Quién era ella para condenar a un padre indio preocupado cuando, en realidad, desconocía casi por completo cómo vivía esa gente? Además, la chica le daba pena; ¡qué mala suerte tener un padre como ése, decidido a retenerla en una especie de jaula de oro! Su propio papaíto nunca se había interpuesto en su camino; había confiado en ella, y ella, a su vez, jamás le había ocultado nada; a excepción, quizá, de la verdad sobre Note.

Levantó la vista. El señor Patel la miraba con sus ojos oscuros, mientras daba golpecitos casi imperceptibles en el suelo con la punta del bastón.

—Lo averiguaré —afirmó mma Ramotswe—, aunque debo decirle que no me gusta nada hacer esto. No me gusta la idea de tener que vigilar a una niña.

—¡Pero a los niños hay que vigilarlos! —repuso el señor Patel—. ¿Y qué pasa si los padres no vigilan a sus hijos? ¿Eh?

—Llega un momento en que deben vivir sus propias vidas —respondió mma Ramotswe—. Hay que dejar que vuelen.

—¡Tonterías! —gritó el señor Patel—. ¡Tonterías modernas! ¡Mi padre me dio una bofetada a los veintidós años! Sí, me pegó porque cometí un error en la tienda. Y me estaba bien empleado. Lo demás son tonterías.

Mma Ramotswe se puso de pie.

—Soy una mujer moderna —anunció—. Es posible que pensemos diferente, pero eso no tiene nada que ver con el asunto. Le he dicho que haré lo que me pide. Lo único que necesito es que me enseñe una fotografía de su hija para saber a quién tengo que seguir.

El señor Patel se levantó con dificultad, enderezando su pierna metálica al hacerlo.

—No hay necesidad de fotografías —replicó—. Haré que venga para que la vea.

Mma Ramotswe alzó las manos en señal de protesta.

—Pero entonces me reconocerá —dijo—. Es mejor que no sepa quién soy.

—¡Claro! —exclamó el señor Patel—. ¡Qué buena idea! Ustedes, los detectives, son tipos muy inteligentes.

—Las detectives —le corrigió mma Ramotswe.

El señor Patel la miró de reojo, pero no dijo nada. No tenía tiempo para discutir ideas tan modernas.

Al abandonar la casa, mma Ramotswe pensó: «Tiene cuatro hijos, y yo, ninguno. Este hombre no es un buen padre porque quiere a sus hijos demasiado, quiere que sean de su propiedad. Hay que dejar que vuelen. Hay que dejar que vuelen».

Y recordó el instante en que, sin contar siquiera con el respaldo de Note, que se había inventado alguna excusa, había enterrado el diminuto cuerpo de su bebé prematuro, tan frágil, tan ligero, y había alzado la vista al cielo para decirle algo a Dios, pero no pudo porque los sollozos le obstruían la garganta y no articuló nada, ni una sola palabra.

Mma Ramotswe tenía la impresión de que el caso sería bastante fácil. Observar a alguien podía ser difícil porque había que estar pendiente de lo que hacía a todas horas, lo que implicaba pasar mucho rato frente a las puertas de casas y despachos sin hacer nada más que esperar a que apareciera alguien. Pero, lógicamente, Nandira pasaba en el colegio la mayor parte del día, y eso significaba que mma Ramotswe podía ocuparse de otras cosas hasta las tres de la tarde, hora en que finalizaban las clases. A partir de esa hora tendría que seguirla y ver adónde iba.

Entonces a mma Ramotswe se le ocurrió que seguir a una niña podía resultar problemático. Una cosa era perseguir a alguien en coche, sólo había que pisarle los talones con la furgoneta blanca. Pero si la persona observada iba en bicicleta, como hacían muchos niños al volver a casa, llamaría la atención ver una furgoneta avanzando a paso de tortuga por la calle. Si la niña iba andando, estaba claro que mma Ramotswe podía ir andando también, manteniéndose a una distancia razonable. Incluso podía pedirle prestado al vecino uno de sus terribles perros amarillos y fingir que lo sacaba de paseo.

Al día siguiente de su entrevista con el señor Patel, mma Ramotswe estacionó la pequeña furgoneta blanca en el aparcamiento del colegio pocos minutos antes de que sonara el timbre. Los niños salieron a trompicones y Nandira no apareció hasta pasadas las tres y veinte, con la mochila en una mano y un libro en la otra. Iba sola, y mma Ramotswe pudo fijarse bastante bien en ella desde la furgoneta. Era una niña atractiva, más bien una joven atractiva;

una de esas adolescentes de dieciséis años que aparentaban diecinueve o veinte.

Se detuvo brevemente a hablar con otra niña que esperaba junto a un árbol a que sus padres la fueran a recoger. Charlaron unos minutos y luego Nandira continuó andando hacia las verjas del colegio.

Mma Ramotswe esperó un momento y después salió de la furgoneta. Cuando Nandira empezó a andar por la calle, mma Ramotswe la siguió despacio. Había bastante gente, de modo que no había razón para que Nandira se fijase en ella. Era agradable pasear en las tardes invernales; al cabo de más o menos un mes haría demasiado calor y entonces sí que llamaría la atención.

Siguió a la chica calle abajo y cuando dobló la esquina. Tenía bastante claro que Nandira no iba directamente a casa, ya que la mansión de los Patel estaba en la dirección opuesta. Tampoco se dirigía al centro, lo que quería decir que iba a casa de alguien. Mma Ramotswe estaba muy contenta. Probablemente sólo tendría que encontrar la casa y luego sería pan comido averiguar quién era su propietario y cómo se llamaba el chico. Con suerte podría ir a ver al señor Patel aquella misma noche y revelarle la identidad del muchacho. Eso le impresionaría; y ella habría ganado el dinero sin mayor dificultad.

Nandira volvió a girar. Mma Ramotswe aguardó un poco antes de seguir sus pasos. Era fácil pecar de exceso de confianza y repasó mentalmente las normas de seguimiento. El libro por el que se guiaba, *Los principios de la investigación privada*, de Clovis Andersen, hacía hincapié en que nunca había que acosar al sujeto. «Mantenga una buena distancia —decía el señor Andersen—, incluso aunque eso signifique perder de vista al sujeto de vez en cuando. Siempre estará a tiempo de encontrar la pista. Más valen varios minutos sin contacto visual que una confrontación violenta.»

Mma Ramotswe consideró que había llegado el momento de doblar la esquina. Lo hizo esperando encontrarse a Nandira a unos cuantos metros de distancia, pero la calle estaba desierta; había perdido el contacto visual. Se dio la vuelta y miró en la otra dirección. Sólo había un coche a lo lejos saliendo de una casa, nada más.

Mma Ramotswe estaba confusa. Era una calle tranquila, con sólo tres casas a cada lado, por lo menos en la dirección que Nandira había tomado. Pero todas las casas tenían verjas y caminos de entrada, y considerando que únicamente había perdido a Nandira de vista alrededor de un minuto, era imposible que le hubiera dado tiempo a introducirse en una de las casas. La habría visto entrar.

De haber entrado en una de las casas, pensó mma Ramotswe, tenía que ser una de las dos primeras porque, con toda seguridad, no habría tenido tiempo de caminar hasta las del final de la calle. Así que quizá las cosas no estaban tan mal como había pensado que podían llegar a estar; sólo tenía que buscarla en la primera casa del lado derecho y en la primera del izquierdo.

Permaneció quieta un instante y luego cambió de idea. Volvió sobre sus pasos lo más rápido posible hasta la furgoneta y recorrió en ella la calle por la que acababa de seguir a Nandira. Estacionó el vehículo frente a la casa de la acera derecha y fue a pie hasta la puerta.

Al llamar a la puerta, un perro empezó a ladrar estrepitosamente en el interior. Mma Ramotswe volvió a llamar y oyó la voz de alguien que ordenaba callar al animal.

—¡Cállate, *Bison*! ¡Ya voy, ya voy!

Entonces una mujer abrió la puerta y se la quedó mirando. Mma Ramotswe se dio cuenta enseguida de que no era una motsuana. Era de África Occidental, y a juzgar por su complexión y vestimenta, probablemente fuera ghanesa. Los ghaneses eran el grupo étnico favorito de mma Ramotswe; tenían un sentido del humor excelente y casi siempre estaban de buen talante.

—Hola, mma —saludó mma Ramotswe—. Siento molestarla, pero vengo a ver a Sipho.

La mujer arqueó las cejas.

—¿Sipho? Aquí no vive ningún Sipho.

Mma Ramotswe sacudió la cabeza.

—Creía que ésta era su casa. Verá, soy profesora del colegio de secundaria y necesito darle un recado a uno de los chicos de cuarto curso. Pensaba que vivía aquí.

La mujer sonrió.

—Tengo dos hijas —comentó—, pero ningún varón. Si tuviera un hijo lo sabría, ¿no le parece?

—¡Vaya por Dios! —exclamó mma Ramotswe agobiada—. ¿Entonces será la casa de enfrente?

La mujer negó con la cabeza.

—Ahí viven los Ugandan —dijo—. Tienen un hijo, pero creo que sólo tiene seis o siete años.

Mma Ramotswe se disculpó y dio media vuelta. Había perdido a Nandira en la primera tarde, y se preguntó si la chica se habría librado de ella deliberadamente. ¿Cabía la posibilidad de que se hubiera dado cuenta de que la estaban siguiendo? No parecía muy probable, por lo que debía de haber sido mera mala suerte. Mañana iría con más cuidado. Por una vez prescindiría de Clovis Andersen y acosaría al sujeto.

Aquella noche, a las ocho en punto, recibió una llamada del señor Patel.

—¿Ha descubierto algo ya? —preguntó—. ¿Hay alguna novedad?

Mma Ramotswe le explicó que desgraciadamente no había conseguido averiguar adónde había ido Nandira después del colegio, pero que esperaba tener más éxito al día siguiente.

—¡Pues qué lástima! —exclamó el señor Patel—. ¡Qué lástima! Bueno, yo sí tengo algo que contarle. Vino a casa tres horas después de acabar el colegio, tres horas, y me dijo que sólo había ido a casa de una amiga. Y yo le pregunté: ¿qué amiga? Y me dijo que yo no la conocía. Eso me respondió. Luego mi mujer encontró en la mesa una nota que debió de caérsele a Nandira. Decía: «Nos vemos mañana. Jack». ¿Quién es este Jack? ¿Quién es? ¿Cree usted que es un nombre de chica?

—No —respondió mma Ramotswe—. Me parece que no.

—¡Lo ve! —exclamó el señor Patel, con el tono de quien ha dado con la solución a un problema—. Ése debe de ser el chico. Tenemos que encontrarle. Hay que averiguar cómo se apellida, dónde vive…, quiero saberlo todo de él.

Mma Ramotswe se preparó una taza de té y se fue pronto a la cama. El día había dejado mucho que desear en varios sentidos, y la apremiante llamada del señor Patel era simplemente la guinda. De modo que se estiró en la cama, con el té sobre la mesilla de noche, y leyó el periódico hasta que se le cerraron los párpados y se quedó dormida.

Al día siguiente llegó tarde al colegio. Había empezado a preguntarse si Nandira se le había vuelto a escapar cuando la vio salir del edificio, acompañada de otra niña. Mma Ramotswe las observó caminando hasta la verja del colegio. Parecían estar muy metidas en la conversación, como sólo hacen los adolescentes cuando hablan entre sí, y mma Ramotswe pensó que si pudiera escuchar lo que estaban diciendo, hallaría las respuestas a más de una pregunta. Las chicas solían hablar de sus novios en un tono relajado y conspirador, y no le cabía la menor duda de que ése era el tema que las ocupaba.

De pronto un coche azul se detuvo frente a las dos chicas. Mma Ramotswe, sorprendida, vio cómo el conductor se inclinaba hacia el asiento contiguo y abría la puerta. Nandira se sentó delante y su amiga detrás. Mma Ramotswe puso en marcha la pequeña furgoneta blanca y salió del aparcamiento a la vez que el coche azul se alejaba del colegio. Lo siguió a una distancia prudencial, la justa para poder pegarse a él en caso de que hubiera riesgo de perderlo. No volvería a cometer el mismo error que el día anterior dejando que Nandira desapareciera del mapa.

El coche azul no iba deprisa, por lo que a mma Ramotswe no le costó seguirlo. Pasaron por delante del Sun Hotel en dirección a la rotonda del Estadio. Una vez allí pusieron rumbo al centro de la ciudad, y dejaron atrás el hospital y la Catedral Anglicana en dirección del Mall. Tiendas, dijo mma Ramotswe para sí, sólo se van de tiendas. En ocasiones había visto a jóvenes encontrándose en el Botswana Book Centre después de las clases. Creía que lo llamaban «matar el tiempo». Se dedicaban a dar vueltas por ahí, charlando y contándose chistes; hacían de todo menos comprar. A lo mejor Nandira había quedado con ese tal Jack para matar el tiempo.

El coche azul se metió en un aparcamiento junto al President Hotel. Mma Ramotswe estacionó su furgoneta a unos cuantos coches de distancia y vio que las dos chicas bajaban del vehículo acompañadas de una mujer mayor, probablemente la madre de la otra niña. La mujer le dijo algo a su hija, que asintió, y se alejó de ellas andando en dirección a la ferretería.

Nandira y su amiga dejaron a un lado las escaleras del President Hotel y caminaron a paso lento hacia la Oficina de Correos. Mma Ramotswe las siguió con disimulo, parándose a mirar un puesto de blusas africanas estampadas que vendía una mujer en la plaza.

—Compre una, mma —ofreció la mujer—. Son de muy buena calidad. No se destiñen. Mire, esta que llevo puesta la he lavado ya, qué, diez, veinte veces, y no se ha desteñido. Mire, mire.

Mma Ramotswe echó un vistazo a la blusa de la mujer; era cierto, no había perdido el color. Observó de soslayo a las dos chicas. Estaban frente al escaparate de una zapatería, tomándose su tiempo mientras decidían adónde ir.

—No creo que tenga mi talla —repuso mma Ramotswe—. Necesitaría una blusa muy grande.

La vendedora repasó bien su género y volvió a mirar a mma Ramotswe.

—Tiene razón —concedió—. Tiene usted una talla demasiado grande para estas blusas. Demasiado grande.

Mma Ramotswe sonrió.

—Pero son todas muy bonitas, mma, y espero que pueda vendérselas a alguien con una talla menor que la mía.

Continuó andando. Las chicas se habían alejado de la zapatería y se dirigían tranquilamente al Book Centre. Mma Ramotswe había acertado; tenían pensado matar el tiempo.

El Botswana Book Centre estaba casi vacío. Había tres o cuatro hombres hojeando unas revistas en la sección de prensa y una o dos personas mirando libros. Los dependientes, apoyados en los mostradores, parloteaban y hasta las moscas parecían aletargadas.

Mma Ramotswe se percató de que las dos chicas estaban al fondo de la tienda, mirando un estante con libros de la sección en setsuana. ¿Qué debían de estar haciendo? Puede que Nandira estuviese aprendiendo setsuana en el colegio, pero le extrañaría mucho que comprara alguno de los libros de texto o de comentarios bíblicos que dominaban esa sección. No, debían de estar esperando a alguien.

Mma Ramotswe se acercó con decisión a la sección africana y cogió un libro. Se titulaba *Las serpientes de Suráfrica,* y tenía muchas ilustraciones. Se fijó en una foto de una pequeña serpiente marrón y se preguntó si la había visto alguna vez. A su primo le había mordido una así hacía muchos años, cuando eran pequeños, y no le había pasado nada. ¿Era la misma serpiente? Leyó el texto que había bajo la foto. Podía haber sido una de esa especie porque la describían como no venenosa y nada agresiva. Pero había atacado a su primo; ¿o había sido él quien la había atacado? Los chicos atacaban a las serpientes. Les tiraban piedras y no paraban de molestarlas. Pero no estaba segura de que Putoke la hubiera atacado; ¡hacía tanto tiempo que ya ni se acordaba!

Observó a las chicas. Seguían ahí de pie, hablando, y una de ellas se reía. «Seguro que están hablando de chicos —dijo para sí mma Ramotswe—. Que rían, que rían, que tarde o temprano descubrirán que el tema empieza a aburrirles. Dentro de unos años en lugar de reírse llorarán —pensó con ironía.»

Retomó su lectura de *Las serpientes de Suráfrica.* ¡Esta sí que era peligrosa! ¡Menuda cabeza! ¡Guau! ¡Y qué mirada tan perversa! Mma Ramotswe se estremeció y leyó: «La fotografía superior es de un macho adulto de la especie mamba negra y mide 1,87 metros. Como puede verse en el mapa de distribución, esta serpiente abunda en toda la región, aunque tiene preferencia por las praderas templadas. Se diferencia de la mamba verde tanto en la distribución como en el hábitat y la toxicidad del veneno. Es una de las serpientes más peligrosas de toda África, superada únicamente por la víbora de Gabón, especie rara que habita en los bosques de algunas zonas de los distritos orientales de Zimbabue.

»A menudo se exagera el número de ataques de la mamba negra, y las historias de serpientes que atacan a hombres mientras galopan a caballo, y que los superan en velocidad, son con toda seguridad apócrifas. La mamba alcanza una velocidad considerable en muy poco tiempo, pero jamás podría competir con un caballo. Tampoco son necesariamente ciertas las historias de supuestas muertes instantáneas, aunque el efecto del veneno puede acelerarse si a la víctima de mordedura le entra el pánico, cosa que, como es lógico, le ocurre habitualmente cuando se da cuenta de que la ha mordido una mamba.

»Hay constancia de un hombre de veintiséis años, en buenas condiciones físicas, que sufrió una mordedura de mamba en el tobillo derecho al pisarla sin querer mientras caminaba por la sabana. No había suero disponible, pero se cree que la víctima consiguió extraer parte del veneno haciéndose profundos cortes donde le había mordido la serpiente (práctica considerada poco útil hoy en día). Luego anduvo casi seis kilómetros y medio por la sabana en busca de ayuda, y a las dos horas ingresaba en el hospital. Le administraron el antídoto y sobrevivió indemne; ni que decir tiene que si le hubiera mordido una víbora bufadora, el daño necrótico habría sido considerable en ese margen de tiempo y posiblemente hubiese perdido una pierna...»

Mma Ramotswe dejó de leer. Una pierna. Habría necesitado una prótesis. El señor Patel. Nandira. Alzó la vista rápidamente. El libro la había absorbido tanto que no había prestado atención a las chicas. ¿Dónde estaban? Se habían ido.

Devolvió *Las serpientes de Suráfrica* a su estante y salió corriendo a la plaza. Ahora había más gente porque muchas personas salían de compras al caer la tarde, para evitar el calor. Miró a su alrededor. Vio a unos cuantos jóvenes a varios metros de distancia, pero eran chicos. No, había una chica. ¿Sería Nandira? No. Miró en la otra dirección. Vio a un hombre aparcando su bicicleta junto a un árbol y se fijó en que llevaba una antena de coche. ¿Para qué la llevaría?

Caminó en dirección del President Hotel. Tal vez las chicas simplemente hubieran vuelto al coche para reunirse con la madre, en cuyo caso no habría de qué preocuparse. Pero al llegar al aparcamiento, vio que el coche azul se alejaba por el otro extremo llevando sólo a la madre en el interior. De modo que las chicas aún estaban por ahí, cerca de la plaza.

Mma Ramotswe volvió a las escaleras del President Hotel y oteó la plaza entera. Posó la mirada sistemáticamente (tal como Clovis Andersen recomendaba) en cada grupo de personas, escudriñando a cada vendedor que había frente a los escaparates. Ni rastro de las chicas. Se fijó en la mujer del puesto de las blusas. Llevaba una especie de bolsa en la mano de la que extraía lo que parecía un gusano mopani.

—¿Son gusanos mopani? —preguntó mma Ramotswe.

La mujer se dio la vuelta y la miró.

—Sí. —Le ofreció la bolsa a mma Ramotswe, quien cogió un gusano y se lo metió en la boca. Era un manjar al que le era imposible resistirse.

—Supongo que desde este sitio se enterará de todo lo que pasa, mma —comentó al tragarse el gusano—. Estando aquí, de pie.

La mujer se echó a reír.

—Lo veo todo. Todo.

—¿Ha visto salir a dos chicas del Book Centre? —preguntó mma Ramotswe—. Una india y una africana. La india es más o menos así de alta.

La vendedora sacó otro gusano de la bolsa y se lo comió.

—Sí —respondió—. Primero fueron hasta el cine y luego a otro sitio, pero no sé adónde.

Mma Ramotswe sonrió.

—Debería usted ser detective —le dijo.

—Como usted —repuso la mujer con naturalidad.

Eso sorprendió a mma Ramotswe. Era bastante conocida, pero no se había imaginado que una vendedora ambulante la reconocería. Metió la mano en el bolso y extrajo un billete de diez pulas que entregó a la mujer.

—Tenga —dijo mma Ramotswe—. Y gracias. Espero que pueda ayudarme en alguna otra ocasión.

La mujer parecía encantada.

—Puedo contarle lo que quiera —afirmó—. Soy los ojos de este lugar. Esta mañana, por ejemplo, ¿quiere saber quién estaba hablando con quién en aquella esquina? ¿Quiere? Le sorprendería saberlo.

—Otro día —contestó mma Ramotswe—. Estaremos en contacto.

Sería inútil intentar encontrar ahora a Nandira, pero podía seguir las pistas que le habían dado. Así que mma Ramotswe se fue al cine para averiguar a qué hora empezaba la sesión de noche, que es lo que creía que habían ido a preguntar las dos chicas. Después volvió a la pequeña furgoneta blanca y regresó a casa para prepararse un té, cenar pronto e irse luego al cine. Había visto el título de la película; no es que le apeteciera mucho el tema, pero pensó que hacía al menos un año que no iba al cine y tenía ganas de ir.

El señor Patel la llamó antes de salir de casa.

—Me ha dicho mi hija que ha estado en casa de una amiga haciendo no sé qué deberes —le contó malhumorado—. Ha vuelto a mentirme.

—Sí —repuso mma Ramotswe—, me temo que sí. Pero sé qué planes tiene y la seguiré, no se preocupe.

—¿Va a verse con ese Jack? —gritó el señor Patel—. ¿Ha quedado con él?

—Es probable —contestó mma Ramotswe—, pero no tiene por qué preocuparse. Mañana le informaré.

—Que sea a primera hora, por favor —suplicó el señor Patel—. Me levanto siempre a las seis en punto.

Cuando mma Ramotswe llegó al cine había muy poca gente. Decidió sentarse al fondo, en la penúltima fila, así vería perfectamente la puerta por la que tenía que pasar cualquiera que entrara en la sala, e incluso si Nandira y Jack llegaban con las luces ya apagadas, podría reconocerlos.

Mma Ramotswe reconoció a muchos de los espectadores. Su carnicero llegó poco después que ella, y tanto él como su mujer la saludaron amigablemente con la mano. Estaban también uno de los profesores del colegio, la mujer que daba clases de aeróbic en el President Hotel, y el obispo católico, que venía solo y comía palomitas ruidosamente en la primera fila.

Nandira apareció cinco minutos antes del comienzo de la sesión. Estaba sola y permaneció unos instantes en la puerta, mirando a su alrededor. Al sentirse observada, mma Ramotswe desvió la vista rápidamente y la clavó en el suelo, fingiendo buscar algo. A los pocos segundos levantó la mirada de nuevo y vio que la chica seguía con los ojos clavados en ella. Mma Ramotswe volvió a mirar al suelo, vio un ticket y se agachó para recogerlo.

Nandira cruzó la sala con decisión, se acercó a la fila de mma Ramotswe y se sentó junto a ella.

—Buenas noches, mma —saludó la chica con educación—. ¿Está ocupado este asiento?

—No, no hay nadie —contestó ella—. Está libre.

Nandira se sentó.

—Me apetece mucho ver esta película —comentó con amabilidad—. Hacía tiempo que quería verla.

—Ya —repuso mma Ramotswe—. Está bien ver una película que siempre se ha tenido ganas de ver.

Hubo silencio. La chica la miraba fijamente y mma Ramotswe se sintió bastante incómoda. ¿Qué hubiera hecho Clovis Andersen en esa situación? Estaba convencida de que decía algo al respecto, pero no lograba recordarlo. Estaba siendo acosada por el sujeto y no al revés.

—La he visto esta tarde —anunció Nandira—, en el colegio.

—¡Ah, sí! —disimuló mma Ramotswe—. Es que estaba esperando a alguien.

—Y también la he visto en el Book Centre —continuó Nandira—, hojeando un libro.

—Es cierto —afirmó mma Ramotswe—. Quería comprarme un libro.

—Luego le preguntó por mí a mma Bapitse, la vendedora —explicó Nandira en voz baja—. Me dijo que le había preguntado por mí.

Mma Ramotswe tomó nota de ir con cuidado con mma Bapitse en adelante.

—¿Por qué me está siguiendo? —le preguntó Nandira, girándose para mirar fijamente a mma Ramotswe.

Mma Ramotswe pensó a toda prisa. Negarlo sería inútil, quién sabe si Nandira intentaría aprovecharse de la embarazosa situación, de manera que le habló de la inquietud de su padre y de cómo éste había contactado con ella.

—Quiere saber si estás saliendo con algún chico —le explicó mma Ramotswe—. Está preocupado por ti.

Nandira parecía contenta.

—Bueno, pues si está preocupado porque salgo con chicos, la culpa es sólo suya.

—Entonces, ¿sales con chicos? —quiso saber mma Ramotswe—. ¿Es cierto que te ves con muchos chicos?

Nandira se mostró dubitativa. Después, en voz baja, respondió:

—No. No exactamente.

—Pero ¿y qué hay de ese tal Jack? —preguntó mma Ramotswe—. ¿Quién es?

Daba la impresión de que Nandira no iba a contestar. De nuevo un adulto estaba entrometiéndose en su vida privada; sin embargo, había algo en mma Ramotswe que le inspiraba confianza. Tal vez le fuera útil; tal vez...

—Jack no existe —confesó al fin—. Me lo inventé.

—¿Por qué?

Nandira se encogió de hombros.

—Quiero que ellos, mi familia, piensen que tengo novio —afirmó—. Quiero que crean que existe alguien que he elegido yo, sin que me lo impongan. —Hizo una pausa—. ¿Entiende lo que le digo?

Mma Ramotswe reflexionó unos instantes. Sentía lástima por esa pobre y superprotegida chica, y pensó que en su lugar cualquiera querría inventarse un novio.

—Sí —contestó, posando su mano sobre el brazo de Nandira—, lo entiendo.

La joven jugaba con la correa de su reloj.

—¿Se lo dirá a mi padre?

—¿Acaso tengo otra opción? —replicó mma Ramotswe—. No puedo decirle que te he visto con un chico llamado Jack que ni siquiera existe.

Nandira suspiró.

—Bueno, supongo que me lo he buscado. Ha sido una estupidez. —Hizo una pausa—. Pero cuando sepa que no hay ningún chico, ¿cree que me dará un poco más de libertad? ¿Cree que me dejará vivir un poco tranquila sin tener que explicarle qué hago a cada minuto?

—Podría intentar convencerle —sugirió mma Ramotswe—. No sé si me escuchará, pero puedo intentarlo.

—Sí, por favor —suplicó Nandira—. Inténtelo. Por favor.

Disfrutaron juntas de la película. Después, sumidas en un agradable silencio, mma Ramotswe acercó a Nandira hasta la puerta de su casa en la pequeña furgoneta. La joven bajó del vehículo, esperó a que éste se fuera y luego se volvió y llamó al timbre.

—Residencia de los Patel, ¿qué desea?

—Libertad —murmuró Nandira en voz baja, y luego añadió en voz alta—: Soy yo, papá. Ya estoy en casa.

Tal como había prometido, a primera hora de la mañana siguiente mma Ramotswe llamó al señor Patel. Le dijo que en vez de darle el parte por teléfono prefería reunirse con él en su casa.

—Tiene malas noticias —se adelantó él, alzando la voz—. Seguro que tiene que decirme algo horrible. ¡Oh, Dios mío! ¿Qué pasa?

Mma Ramotswe le aseguró que las noticias no eran malas, pero aun así el señor Patel seguía nervioso cuando, media hora más tarde, la condujo a su despacho.

—Estoy muy preocupado —confesó—. No puede hacerse una idea de lo que sufrimos los padres. Para las madres es diferente. Un padre se preocupa de una forma especial.

Mma Ramotswe le ofreció una sonrisa tranquilizadora.

—Tengo buenas noticias —dijo—. No tiene novio.

—¿Y qué hay de la nota? —se extrañó el señor Patel—. ¿Y de Jack? ¿Era todo inventado?

—Sí —se apresuró a responder mma Ramotswe—, así es.

El señor Patel se quedó perplejo. Levantó el bastón y se dio golpecitos en la prótesis varias veces. Luego intentó hablar, pero no emitió sonido alguno.

—Al parecer —explicó mma Ramotswe—, Nandira se ha inventado una vida social. Se inventó un novio para tener un poco más de... libertad. Lo mejor que usted puede hacer es ignorar el asunto, dejar que viva un poco más su vida. No le pregunte constantemente qué hace o deja de hacer. No tiene novio ni probablemente lo tenga en bastante tiempo.

El señor Patel apoyó el bastón en el suelo. Cerró los ojos y se sumió en sus pensamientos.

—¿Y por qué debería hacerle caso? —preguntó al cabo de un rato—. ¿Por qué debería aceptar una de esas ideas modernas?

Mma Ramotswe ya tenía la respuesta preparada:

—Porque, de lo contrario, el novio imaginario se volverá real. Por eso.

Mma Ramotswe le observó mientras sopesaba su consejo. Luego, sorpresivamente, el señor Patel se puso de pie, se tambaleó unos instantes antes de encontrar el equilibrio y se volvió para mirarla.

—Es usted una mujer muy lista —reconoció—. Seguiré su consejo. Le daré más libertad, seguro que dentro de dos o tres años me dejará concertar…, me dejará ayudarla a encontrar el hombre adecuado para casarse.

—Seguro que sí —repuso mma Ramotswe, suspirando aliviada.

—Sí —repitió el señor Patel—. ¡Y todo gracias a usted!

Mma Ramotswe pensaba a menudo en Nandira cuando pasaba en la furgoneta por delante de la mansión de los Patel, del gran muro blanco. Si se la encontrara en alguna ocasión, la reconocería de inmediato, pero no fue así, no hasta al cabo de un año en que tomándose su habitual café de los sábados en la terraza del President Hotel, alguien le tocó el hombro. Se giró y vio a Nandira acompañada de un chico. Debía de rondar los dieciocho años, pensó mma Ramotswe, y la expresión de su cara parecía agradable y sincera.

—Mma Ramotswe —saludó Nandira con simpatía—. Sabía que era usted.

Mma Ramotswe le dio la mano a la joven. El chico sonrió.

—Le presento a mi amigo —comentó Nandira—. No creo que le conozca.

El joven dio un paso adelante y le dio la mano a mma Ramotswe.

—Soy Jack —dijo.

10

Mma Ramotswe reflexiona sobre la tierra mientras se dirige a Francistown en su pequeña furgoneta blanca

Antes de que amaneciera, mma Ramotswe recorrió con su pequeña furgoneta blanca las adormiladas carreteras de Gaborone, pasando de largo por las fábricas de cerveza Kalahari y la Central de Investigación de Tierras Áridas en dirección norte. Un hombre brotó de las matas y desde el arcén le hizo señas para que detuviera el vehículo, pero no estaba dispuesta a detenerse a oscuras: nunca sabes quién es el que pide ayuda a semejante hora. El individuo desapareció nuevamente entre las sombras, y mma Ramotswe percibió su desilusión a través del retrovisor. Luego, justo pasado el desvío de Mochudi, salió el sol, alzándose sobre las amplias llanuras que se extendían hasta el río Limpopo. Ahí estaba de pronto, sonriendo a África, una ascendente esfera dorada-rojiza, elevándose poco a poco, flotando libre y sin esfuerzo para disipar las últimas briznas de niebla matutina.

Las acacias se veían con nitidez a la intensa luz de la mañana, y había pájaros posados en ellas, y también bandadas de abubillas, y diminutos pájaros cuyos nombres mma Ramotswe ignoraba. A un lado y a otro el ganado se arrimaba a las vallas que bordeaban la carretera kilómetro tras kilómetro. Levantaban las cabezas y miraban con fijeza o andaban a paso lento, intentando arrancar la hierba seca que se agarraba con firmeza al sólido suelo.

Vivían en tierras áridas. Un poco más al oeste se encontraba el Kalahari, cuenca de color ocre que se prolongaba durante inimaginables kilómetros hasta las sonoras profundidades del Namib. Si mma Ramotswe torciera con la furgoneta en uno de los caminos que arrancaba de la carretera principal, podría seguir conduciendo quizás entre cincuenta y sesenta kilómetros más antes de que las ruedas empezaran a hundirse en la arena y a girar desesperadamente. La vegetación sería cada vez más escasa, su aspecto casi desértico. Las acacias disminuirían, y aparecerían lomas de fina tierra por las que la arena omnipresente saldría a la superficie formando almenas. Habría zonas desnudas y rocas grises dispersas, y ningún indicio de vida humana. El destino deparó a los batsuana vivir con este inmenso interior seco, marrón y sólido, y por esa razón cultivaban la tierra con cautela, con sigilo.

Si uno se adentraba en el Kalahari, se podían oír leones por la noche; porque de día estaban calmados, en este vasto paisaje, pero en la oscuridad se hacían sentir con roncos rugidos. De jovencita, mma Ramotswe había ido en una ocasión con una amiga para ver un apartado corral. Estaba en el punto más lejano al que el ganado podía acceder, y mma Ramotswe había experimentado la tremenda soledad que reina en un lugar deshabitado. Así era la esencia de Botsuana, de su país.

Había sido en la estación de las lluvias, y la tierra estaba cubierta de hierba; la lluvia tenía la capacidad de transformarla con gran rapidez. La tierra estaba cubierta de brotes de fresca hierba, margaritas de Namaqualand, parras de melones del desierto, y áloes de flores rojas y amarillas.

Aquella noche habían hecho una hoguera justo delante de las rudimentarias cabañas que servían de refugio en el corral, pero la lumbre parecía diminuta bajo el inmenso agujero celeste de titilantes constelaciones. Se había acurrucado junto a su amiga, que le había dicho que no debía tener miedo porque el fuego ahuyentaba a los leones y a los seres sobrenaturales, como los *tokoloshes* y demás.

Se despertó de madrugada, y vio que el fuego se estaba apagando. A través de las ramas con las que estaba hecha la pared de la cabaña podía divisar sus brasas. Oyó un rugido procedente de algún lugar lejano, pero no sintió miedo, y salió de la cabaña para contemplar el cielo e inhalar el aire limpio y seco. Y pensó: «Soy muy pequeña comparada con África, pero en esta tierra hay un trozo en el que todos y cada uno de nosotros podemos sentarnos, que podemos tocar y considerar nuestro». Esperó por si se le ocurría alguna otra idea, pero no se le ocurrió nada más, y volvió sigilosamente a la cabaña y al calor de las mantas de su estera.

Mientras conducía su pequeña furgoneta por esos mundos de Dios, mma Ramotswe pensó que tal vez algún día volviera a ir al Kalahari, lleno de espacios desiertos, de extensas praderas que le desgarraban a uno el alma.

11

Sentimiento de culpa por un coche

Sucedió a los tres días de resolverse satisfactoriamente el caso Patel. Mma Ramotswe había enviado una factura por dos mil pulas, más gastos, y le pagaron a vuelta de correo. No salía de su asombro. No podía creerse que alguien pagara tal cantidad de dinero sin protestar, y la prontitud y aparente alegría con que el señor Patel había pagado le causaron remordimientos por el monto de la factura.

Era curioso el agudo sentido de culpabilidad que tenían algunas personas, pensó, mientras que otras carecían de él. Había quien agonizaba por cometer leves deslices o errores; en cambio, a otros apenas les inmutaban las traiciones que cometían o su propia falta de honestidad. Mma Pekwane formaba parte del primer grupo, pensó mma Ramotswe. Note Mokoti, del segundo.

Cuando entró en la Primera Agencia Femenina de Detectives, mma Pekwane parecía inquieta. Mma Ramotswe le había ofrecido una taza de té bien cargado, como hacía con todos sus clientes, y había esperado a que estuviera lista para hablar. Todo apuntaba, intuyó mma Ramotswe, a que estaba preocupada por un hombre. ¿Por qué sería? Seguro que tenía que ver con el mal comportamiento masculino, pero ¿de qué se trataría?

—Estoy preocupada porque mi marido ha hecho algo espantoso —le contó al fin mma Pekwane—. Me siento muy avergonzada.

Mma Ramotswe asintió con la cabeza suavemente. Mal comportamiento masculino.

—Los hombres hacen cosas terribles —constató—. Todas las mujeres se preocupan por sus maridos. No es usted la única.

Mma Pekwane suspiró.

—Pero es que mi marido ha hecho algo terrible —insistió—, terrible de verdad.

Mma Ramotswe se irguió en la silla. Si rra Pekwane había cometido un asesinato, tendría que decirle claramente que había que llamar a la policía. Ni se le pasaba por la cabeza ayudar a alguien a encubrir a un asesino.

—¿Qué es lo que ha hecho? —preguntó mma Ramotswe.

Mma Pekwane confesó en voz baja:

—Ha robado un coche.

Mma Ramotswe se sintió aliviada. Los robos de coches eran bastante habituales, estaban a la orden del día y debía de haber muchas mujeres que conducían por la ciudad los coches que habían robado sus maridos. Mma Ramotswe no se imaginaba robando uno, por supuesto que no, y, al parecer, mma Pekwane tampoco.

—¿Le ha dicho él que lo ha robado? —preguntó—. ¿Está usted segura?

Mma Ramotswe sacudió la cabeza.

—Me dijo que se lo había dado un hombre. Que ese hombre tenía dos Mercedes-Benz y sólo necesitaba uno.

Mma Ramotswe se echó a reír.

—Pero ¿qué se han creído los hombres? ¿Que nos pueden tomar el pelo así, sin más? —ironizó—. ¿Qué se creen, que somos idiotas?

—Eso parece —repuso mma Pekwane.

Mma Ramotswe cogió un lápiz y trazó varias líneas en un papel. Al echar un vistazo a los garabatos, vio que había dibujado un coche.

Miró a mma Pekwane.

—¿Quiere que le diga lo que debe hacer? —preguntó mma Ramotswe—. ¿Es eso lo que quiere?

Mma Pekwane parecía pensativa.

—No —contestó—, qué va. Ya sé lo que quiero hacer.

—¿El qué?

—Quiero devolver el coche. Quiero devolvérselo a su dueño.

Mma Ramotswe se irguió.

—Entonces, ¿quiere ir a la policía? ¿Quiere denunciar a su marido?

—No. No quiero denunciarle. Sólo quiero que el coche le sea devuelto a su dueño sin que se entere la policía. Quiero que el Señor sepa que ese coche ha vuelto a su dueño.

Mma Ramotswe miró con fijeza a su clienta. Debía admitir que era un deseo perfectamente razonable. Si el coche volvía a su dueño, mma Pekwane tendría la conciencia tranquila y seguiría teniendo a su marido. Bien mirado, mma Ramotswe encontró que era una buena forma de lidiar con una situación difícil.

—Pero ¿por qué ha venido usted a verme a mí? —quiso saber mma Ramotswe—. ¿Qué quiere que haga yo?

Mma Pekwane contestó sin pensárselo dos veces:

—Quiero que averigüe de quién es el coche. Luego quiero que se lo robe a mi marido y se lo devuelva a su verdadero dueño. Eso es todo lo que quiero.

Al caer la tarde, mientras volvía a casa en su pequeña furgoneta blanca, mma Ramotswe pensó que no tendría que haber consentido en ayudar a mma Pekwane, pero ya no podía echarse atrás, había dado su palabra; sin embargo, aquello no iba a ser coser y cantar, a menos, claro está, que fuera a la policía, lo cual evidentemente no podía hacer. Posiblemente rra Pekwane merecería ser entregado a la policía, pero su clienta le había pedido que no se procediera de ese modo, y su primer compromiso era con ella; así que habría que buscar otra manera de hacer las cosas.

Aquella noche, después de cenar pollo y calabaza, mma Ramotswe llamó al señor J. L. B. Matekoni.

—¿De dónde son los Mercedes-Benz robados? —preguntó mma Ramotswe.

—Del otro lado de la frontera —respondió el señor J. L. B. Matekoni—. Los roban en Suráfrica y los traen hasta aquí, los pintan, borran el número de motor original y luego los venden a bajo precio o los envían a Zambia. Por cierto, sé quién hace todo esto, todo el mundo lo sabe.

—Eso no me interesa —repuso mma Ramotswe—. Lo que necesito saber es cómo pueden identificarse después de todo este proceso.

El señor J. L. B. Matekoni hizo una pausa.

—Hay que saber dónde buscar —afirmó—. Normalmente, el número de serie está grabado en alguna otra parte, en el chasis o en el dorso del capó. No es difícil encontrarlo si uno sabe lo que hace.

—Usted sabe lo que hace —aseguró mma Ramotswe—. ¿Podría ayudarme?

El señor J. L. B. Matekoni suspiró. No le gustaban los coches robados. Prefería no tener nada que ver con ellos, pero mma Ramotswe le había pedido un favor y, por lo tanto, sólo había una respuesta posible:

—Dígame dónde y cuándo.

Entraron en el jardín de los Pekwane al día siguiente por la noche, tras ponerse de acuerdo con mma Pekwane, quien había prometido que a la hora convenida se aseguraría de tener a los perros dentro de casa y a su marido entretenido comiendo un plato especial que ella le prepararía. De modo que nada podría impedirle al señor J. L. B. Matekoni deslizarse debajo del Mercedes, aparcado en el jardín, y examinar la carrocería con la linterna. Mma Ramotswe también se ofreció a deslizarse debajo del coche, pero el señor J. L. B. Matekoni no estaba seguro de que cupiera y declinó su oferta. Al cabo de diez minutos, ya había escrito en un trozo de papel un número de serie, y ambos salieron con sigilo del jardín y fueron hasta la pequeña furgoneta blanca, estacionada calle abajo.

—¿Está seguro de que con esto tendré suficiente? —preguntó mma Ramotswe—. ¿Lo sabrán sólo con el número?

—Sí —respondió él—, tranquila.

Dejó al señor J. L. B. Matekoni frente a la puerta de su casa y éste se despidió de ella con la mano en plena oscuridad. Seguro que muy pronto tendría la ocasión de devolverle el favor.

◆ ◆ ◆

Aquel fin de semana, mma Ramotswe cruzó la frontera en su pequeña furgoneta blanca para dirigirse a Mafikeng y, una vez allí, fue directamente al Café de la Estación. Se compró un ejemplar del *Johan-
nesburg Star* y se sentó a leer el periódico en una mesa cercana a la
ventana. Como no había más que malas noticias, decidió dejarlo a un
lado y pasar el rato observando a los demás clientes.

—¡Mma Ramotswe!

Alzó la vista. Ahí estaba Billy Pilani, más avejentado que antes,
lógicamente, pero aparte de eso estaba igual que siempre. Aún podía
verle en el Mochudi Government School, sentado en su pupitre, mirando a las musarañas.

Le invitó a un café y un gran donut y le explicó lo que necesitaba.

—Quiero que averigüe quién es el dueño de este coche —anunció mma Ramotswe, pasándole el trozo de papel con el número de serie escrito con letra del señor J. L. B. Matekoni—. Después, cuando
lo haya averiguado, quiero que le diga al dueño, a la compañía de seguros o a quien sea, que pueden ir a recoger el coche a Gaborone
y que lo tendrán listo en el lugar que acordemos. Lo único que tienen
que hacer es traer una matrícula surafricana con el número origina-
rio. Entonces podrán llevárselo.

Billy Pilani parecía sorprendido.

—¿A cambio de nada? —preguntó—. ¿No hay que pagar nada?

—Nada —contestó mma Ramotswe—. Lo único que se preten-
de es que el coche le sea devuelto a su verdadero dueño. Eso es todo.
Usted es de los míos, ¿verdad, Billy?

—¡Claro que sí! —se apresuró a decir Billy—. ¡Por supuesto!

—Y, Billy, mientras hace la gestión, quiero que se olvide de que
es policía. No ha de haber ningún arresto.

—¿Ni siquiera uno pequeño? —preguntó Billy con voz decep-
cionada.

—Ni siquiera uno pequeño.

◆ ◆ ◆

Billy Pilani telefoneó al día siguiente.

—Ya tengo la información de nuestra lista de vehículos robados —anunció—. Me he puesto en contacto con la compañía de seguros, que ya había pagado, y dicen que estarán encantados de recuperar el coche. Enviarán a uno de sus hombres a recogerlo.

—Estupendo —repuso mma Ramotswe—. Dígales que nos veremos en el African Mall de Gaborone el próximo martes a las siete de la mañana, y que traigan la matrícula.

Con todos los detalles ultimados, el martes a las cinco de la mañana mma Ramotswe entró en el patio de los Pekwane y, según lo previsto, encontró las llaves del Mercedes en el suelo, junto a la ventana del dormitorio, donde mma Pekwane las había dejado la noche anterior. Mma Pekwane le había asegurado que su marido tenía el sueño profundo y que nunca se despertaba hasta que, a las seis, *Radio Botswana* emitía el mugido de una vaca.

No la oyó poner el coche en marcha ni salir a la calle; en realidad, no se dio cuenta de que le habían robado el Mercedes-Benz hasta que eran casi las ocho.

—¡Llama a la policía! —gritaba mma Pekwane—. ¡Rápido, llama a la policía!

Notó que su marido se mostraba dubitativo.

—Tal vez más tarde —comentó rra Pekwane—; mientras tanto, creo que lo buscaré por mi cuenta.

Ella clavó la vista en su marido, que desvió momentáneamente la mirada. «Es culpable. Tenía razón —pensó mma Pekwane—. Estaba en lo cierto. No puede ir a la policía y decirles que le han robado su coche robado.»

A última hora del día fue a ver a mma Ramotswe para darle las gracias.

—Gracias a usted me siento mucho mejor —confesó—. Ahora podré dormir tranquila sin sentirme culpable por mi marido.

—Me alegro mucho —repuso mma Ramotswe—. A lo mejor le ha servido para aprender algo importante.

—¿El qué? —preguntó mma Pekwane.

—Que, aunque algunos piensen lo contrario, no hay plazo que no llegue ni deuda que no se pague.

12

La casa de mma Ramotswe en Zebra Drive

La casa había sido construida en 1968, cuando la ciudad se expandió más allá de las tiendas y los edificios gubernamentales. Estaba en una esquina, lo que no siempre era bueno porque la gente a veces se reunía en la esquina, bajo las acacias que allí crecían, y escupía en el jardín o tiraba la basura por encima de la valla. Al principio, cuando los veía hacerlo, les gritaba desde la ventana, o les lanzaba la tapa de un cubo de basura, pero esa gente no parecía tener vergüenza alguna y se limitaban a reírse. De modo que se rindió, y el jardinero que iba a arreglarle el jardín tres veces a la semana se ocupaba de recoger la porquería y sacarla afuera. Ése era el único problema que tenía con la casa. Por lo demás, mma Ramotswe estaba contentísima de vivir allí y pensaba a diario en la suerte que había tenido de comprarla en el momento oportuno, justo antes de que los precios subieran tanto que la gente de bien ya no pudiera pagarlos con sus sueldos.

El terreno era grande, tenía poco más de un cuarto de hectárea, y estaba repleto de árboles y arbustos. Los árboles no eran nada del otro mundo, la mayoría eran acacias, pero daban buena sombra y, si las lluvias escaseaban, nunca se morían. También había buganvillas moradas, que los anteriores dueños habían plantado con entusiasmo y que, cuando llegó mma Ramotswe, se habían extendido por casi todas partes; por eso había tenido que podarlas, para hacer sitio a sus papayas y sus calabazas.

En la parte delantera de la casa había un porche, que era su lugar favorito y donde le gustaba sentarse por las mañanas, al amanecer, o por las tardes, antes de que aparecieran los mosquitos. Lo había ampliado colocando un toldo de malla sostenido por estacas desbastadas. Así se filtraban muchos rayos solares, y las plantas podían crecer gracias a la luz verde que se creaba. Tenía begonias y helechos, que regaba cada día y que formaban una exuberante mancha verde que contrastaba con la tierra marrón.

Detrás del porche estaba el salón, la habitación más grande de la casa, con una enorme ventana con vistas a lo que en su día fue césped. Tenía una chimenea, demasiado grande para las dimensiones del salón, pero que era motivo de orgullo para mma Ramotswe. En su repisa había dispuesto su mejor loza, su taza de té con la reina Isabel II, y su plato conmemorativo con la efigie de sir Seretse Khama, el Presidente, el *Kgosi* de los banguato, el Estadista. Le sonreía desde el plato, era como si la estuviese bendiciendo, como si supiera lo que estaba sucediendo. Igual que la reina, que también amaba Botsuana, y lo entendía todo.

Pero en el lugar de honor estaba la fotografía de su papaíto, tomada justo antes de su sexagésimo aniversario. Llevaba puesto el traje que se había comprado en Bulawayo el día que fue a visitar a su primo, y aparecía sonriente, aunque ella sabía que por aquel entonces ya sentía molestias. Mma Ramotswe era una persona realista que vivía el presente, pero se permitía únicamente un pensamiento nostálgico, una pequeña licencia, se imaginaba a su papaíto entrando por la puerta, saludándola con una sonrisa y diciéndole: «¡Mi pequeña Precious! ¡Lo estás haciendo muy bien! ¡Estoy orgulloso de ti!» Y se imaginaba dándole una vuelta por Gaborone en su pequeña furgoneta blanca y enseñándole todos los avances que se habían logrado, y sonreía sólo de pensar en lo orgulloso que se habría sentido. Pero no se permitía pensar así muy a menudo porque acababa llorando por todo lo que había ocurrido y por todo el amor que sentía dentro.

La cocina era muy alegre. El suelo de cemento, barnizado con pintura roja para suelos, lo mantenía brillante la empleada doméstica de mma Ramotswe, Rose, que llevaba cinco años con ella. Rose tenía cuatro hijos, de diferentes padres, que vivían en Tlokweng con su madre. Trabajaba para mma Ramotswe, cosía para una cooperativa y mantenía a sus hijos con lo poco que ganaba. El hijo mayor ya era carpintero y ayudaba a su madre económicamente, pero los pequeños siempre necesitaban zapatos o pantalones nuevos, y uno de ellos necesitaba un inhalador porque tenía problemas respiratorios. Pero a pesar de todo Rose seguía cantando, y era así como mma Ramotswe sabía que había llegado por las mañanas, cuando desde la cocina le llegaban fragmentos de canciones flotando en el aire.

13

¿Quiere casarse conmigo?

¿Felicidad? Mma Ramotswe era bastante feliz. Con su agencia de detectives y su casa de Zebra Drive, tenía más que la mayoría y era consciente de ello. También era consciente de cómo habían cambiado las cosas. Durante su matrimonio con Note Mokoti había sentido una infelicidad profunda y abrumadora que la acechaba como una oscura sombra. Ahora ya no la sentía.

Si hubiera escuchado a su padre, si hubiera escuchado al marido de su prima, jamás habría contraído matrimonio con Note ni habría sido infeliz todos esos años. Pero lo había sido, porque a los veinte años, como cualquiera a esa edad, era una terca y, por mucho que entonces pensara lo contrario, estaba ciega. «El mundo está lleno de veinteañeros —dijo para sí—, todos ciegos.»

A Obed Ramotswe nunca le había caído bien Note y se lo había dicho a su hija sin rodeos. Pero ella había reaccionado llorando y diciéndole que era el mejor hombre que podía encontrar y que la haría feliz.

—No te hará feliz —le había advertido Obed—. Ese hombre te pegará. Abusará de ti en todos los sentidos. Créeme, he estado en las minas y allí se ven todo tipo de hombres. He visto a muchos como él.

Ella había sacudido la cabeza y había salido corriendo de la habitación, y él la había llamado con un débil y dolorido grito. Aún podía oírlo y a mma Ramotswe se le desgarraba el corazón. Había hecho daño al hombre que más la quería en el mundo, a un hombre bueno y confiado que sólo trataba de protegerla. Si se pudiera borrar el pasado; si se pudiera volver atrás para no cometer los mismos errores, para tomar otras decisiones...

—Si pudiéramos volver atrás —dijo el señor J. L. B. Matekoni, vertiendo té en la taza de mma Ramotswe—... He pensado muchas veces en eso. Si pudiéramos retroceder sabiendo lo que sabemos ahora... —Cabeceó, asombrado—. ¡Dios mío! ¡Cuántas cosas haría de otra manera!

Mma Ramotswe dio un sorbo a su té. Estaba sentada en el despacho de Tlokweng Road Speedy Motors, debajo de la lista de proveedores de recambios, pasando el rato con su amigo, como hacía en ocasiones cuando en la agencia no había movimiento. Era algo inevitable; a veces la gente simplemente no tenía nada que averiguar. No había desaparecido nadie, ni nadie estaba engañando a su mujer o robando. En tales ocasiones, más le valía a un detective privado colgar el cartel de cerrado en su oficina e irse a plantar melones. No es que ella tuviera la intención de plantar melones; tomarse tranquilamente una taza de té y luego ir de compras al African Mall era una forma tan estupenda de pasar la tarde como otra cualquiera. Después tal vez se acercaría al Book Centre para ver si habían recibido alguna revista interesante. Le encantaban las revistas. Le gustaba su olor y el colorido de sus fotos. Le encantaban las de decoración de interiores que enseñaban cómo vivía la gente en países lejanos. ¡Tenían tantas cosas en sus casas, y tan bonitas! Cuadros, suntuosas cortinas, montones de cojines de terciopelo, idóneos para que una persona gorda se sentara en ellos, extrañas luces en curiosos ángulos...

El señor J. L. B. Matekoni seguía con su tema.

—He cometido muchos errores en mi vida —confesó, arqueando las cejas al recordarlos—. Un sinfín de errores.

Mma Ramotswe le miró. Ella siempre había pensado que a su amigo todo le había ido bastante bien. Se había preparado para ser mecánico, había ahorrado dinero y luego había comprado su propio taller. Se había hecho una casa, se había casado (lamentablemente su mujer murió) y le habían nombrado presidente local del Partido Democrático de Botsuana. Conocía a bastantes ministros (muy por encima), y cada año le invitaban a una de las fiestas al aire libre que se organizaban en la residencia presidencial. Todo parecía irle viento en popa.

—A mí no me lo parece —repuso mma Ramotswe—; en cambio, yo sí que he cometido errores.

El señor J. L. B. Matekoni la miró sorprendido.

—No le imagino cometiendo ningún error —continuó ella—. Es listo. Siempre sopesa las cosas antes de tomar la decisión adecuada.

Mma Ramotswe resopló.

—Yo me casé con Note —se limitó a decir.

El señor J. L. B. Matekoni estaba pensativo.

—Sí —repuso—. Ése fue un gran error.

Permanecieron callados unos instantes. Después él se levantó. Era un hombre alto y tenía que ir con cuidado de no darse un golpe en la cabeza cuando se ponía de pie. Ahora, con el calendario a sus espaldas y el matamoscas colgado del techo, se aclaró la garganta y dijo:

—Me gustaría que se casara conmigo —le pidió—. Eso no sería ningún error.

Mma Ramotswe ocultó su sorpresa. No se asustó, ni se le cayó la taza de té ni se quedó boquiabierta. Sólo sonrió y miró fijamente a su amigo.

—Es usted un buen hombre —comentó—. Se parece un poco a mi... papaíto. Pero no puedo volverme a casar. Nunca. Soy feliz como estoy. Tengo la agencia y la casa. Tengo una vida plena.

El señor J. L. B. Matekoni se sentó. Parecía derrotado y mma Ramotswe alargó el brazo para acariciarle. Él lo apartó instintivamente, como se alejaría del fuego un hombre quemado.

—Lo siento mucho —se disculpó ella—. Pero quiero que sepa que si tuviera que casarme con alguien, cosa que no haré, escogería a un hombre como usted. Puede que incluso a usted. Sí, de eso no me cabe duda.

El señor J. L. B. Matekoni cogió la taza de mma Ramotswe y le sirvió más té. Estaba callado, no por rabia o resentimiento, sino porque había hecho acopio de todas sus fuerzas para declararse y, de momento, no tenía nada más que decir.

14

Un hombre guapo

Alice Busang estaba nerviosa por tener que hablar con mma Ramotswe, pero la agradable y gruesa presencia del otro lado de la mesa la
tranquilizó enseguida. Era como hablar con un médico o un cura,
pensó; en tales consultas nada de lo que una dijera podía descon-
certar.

—Tengo sospechas de que mi marido se ve con otras mujeres
—declaró.

Mma Ramotswe asintió. Por experiencia sabía que todos los
hombres se veían con otras mujeres. Todos, menos los pastores y
los directores de los colegios.

—¿Le ha sorprendido con alguna? —preguntó mma Ramotswe.

Alice Busang sacudió la cabeza.

—Le observo constantemente, pero nunca le veo con nadie. Es
muy astuto.

Mma Ramotswe anotó esto en un papel.

—Frecuenta los bares, ¿verdad?

—Sí.

—Es allí donde las ve. Esas mujeres merodean por los bares esperando a los maridos de otras mujeres. La ciudad está llena de mujeres así.

Miró a Alice y entre ambas fluyó una pequeña ola de complici-
dad. Todas las mujeres de Botsuana eran víctimas de la debilidad
masculina. No había prácticamente ningún hombre hoy en día que se

casara con una mujer, sentara la cabeza y cuidara de sus hijos; hombres así parecían formar parte del pasado.

—¿Quiere que le siga? —le preguntó mma Ramotswe—. ¿Quiere que averigüe si liga con otras mujeres?

Alice Busang asintió.

—Sí —respondió—. Quiero una prueba, sólo para tenerla, para saber con qué clase de hombre me casé.

Mma Ramotswe estaba demasiado atareada y no podía empezar con el caso Busang hasta la semana siguiente. Aquel miércoles, aparcó la pequeña furgoneta blanca delante del Centro de Clasificación de Diamantes, que era donde trabajaba Kremlin Busang. Alice Busang le había dado una fotografía de su marido, que mma Ramotswe tenía sobre las rodillas y miraba; era guapo, de hombros anchos y amplia sonrisa. Tenía pinta de ser un ligón, y se preguntó por qué Alice Busang se había casado con él, si lo que quería era un marido fiel. Por la esperanza, naturalmente; porque tenía la ingenua esperanza de que no sería como los demás. Pues bien, bastaba con mirarle para saber que era como todos los demás.

Le siguió, la furgoneta blanca siguió a su viejo coche azul entre el tráfico hasta el Go Go Handsome Man´s Bar, junto a la estación de autobuses. Y, mientras él entraba en el bar, ella se quedó unos minutos sentada en la furgoneta y se puso pintalabios y un poco de crema en las mejillas. Enseguida entraría y se pondría manos a la obra.

El Go Go Handsome Man´s Bar no estaba lleno y sólo había un par de mujeres, que catalogó como peligrosas. Clavaron la vista en ella, pero mma Ramotswe las ignoró y se sentó en la barra, a sólo dos taburetes de distancia de Kremlin Busang.

Pidió una cerveza y echó un vistazo a su alrededor, memorizando todo lo que veía como si fuera la primera vez que iba allí.

—¿Es la primera vez que viene, hermana? —le preguntó Kremlin Busang—. Es un buen bar.

Sus miradas se encontraron.

—Sólo voy a bares en ocasiones especiales —contestó ella—. Como hoy.

Kremlin Busang sonrió.

—¿Es su cumpleaños?

—Sí —respondió ella—. Déjeme invitarle a una copa para celebrarlo.

Le invitó a una cerveza, y él se cambió de sitio para estar al lado de ella. Era un hombre atractivo, estaba igual que en la foto e iba bien vestido. Tomaron juntos la cerveza y luego ella le pidió otra. Él empezó a hablarle de su trabajo.

—Clasifico diamantes —le contó—. Es un trabajo difícil, ¿sabe? Se necesita tener buena vista.

—Me gustan los diamantes —afirmó ella—. Me encantan.

—Es una suerte que en este país haya tantos —repuso él—. ¡Válgame Dios, aquí sí que hay buenos diamantes!

Mma Ramotswe movió la pierna izquierda ligeramente, hasta tocar la suya. Él se dio cuenta; porque miró hacia abajo, pero no la apartó.

—¿Está casado? —le preguntó ella en voz baja.

Kremlin Busang no se lo pensó un instante:

—No. Nunca he estado casado. Hoy en día es mejor estar soltero. Por la libertad, ya sabe.

Mma Ramotswe asintió con la cabeza.

—A mí también me gusta ser libre —afirmó—. Es la única manera de hacer lo que me dé la gana con mi tiempo.

—Exacto —repuso él—. Ha dado en el clavo.

Mma Ramotswe apuró su vaso.

—Tengo que irme —anunció y, tras una breve pausa, añadió—: ¿Le gustaría venir a mi casa a tomar algo? Tengo cerveza.

Él sonrió.

—Sí, buena idea. No tengo nada más que hacer.

Kremlin Busang la siguió en coche hasta su casa; entraron juntos y pusieron música. Ella le ofreció una cerveza, y él se bebió la mitad de un solo trago.

A continuación la rodeó por la cintura con el brazo y le dijo que le gustaban las mujeres sanas y gordas, que toda esa historia acerca de que las mujeres tenían que ser delgadas era una estupidez y que, además, no tenía razón de ser en África.

—A los hombres lo que realmente nos gusta son las mujeres gordas como usted —dijo.

Ella se rió tontamente. La verdad es que era un hombre encantador, pero estaba trabajando y había que ser profesional. No debía olvidar que necesitaba una prueba, lo que tal vez no fuera tan fácil de conseguir.

—Venga, siéntese aquí conmigo —le animó ella—. Debe de estar cansado después de estar todo el día de pie clasificando diamantes.

Mma Ramotswe ya había pensado en una excusa, que él aceptó sin rechistar. Él no podía pasar la noche en su casa porque ella tenía que madrugar mucho. Pero sería una lástima dar por concluida una velada tan magnífica sin que quedara ninguna constancia material.

—Quiero tener una foto de los dos; así podré mirarla y recordar esta noche.

Él sonrió y le dio un pequeño pellizco.

—¡Buena idea!

De modo que mma Ramotswe preparó el disparador automático de la máquina de fotos y, de un salto, se reunió con él en el sofá. Él volvió a pellizcarla, la rodeó con el brazo y la besó apasionadamente mientras se activaba el flash.

—Si quiere, podemos publicarla en los periódicos —propuso él—. Míster Guapo con su amiga Miss Gordita.

Mma Ramotswe se echó a reír.

—Desde luego, usted es todo un mujeriego, Kremlin. Un auténtico mujeriego. Lo supe desde el primer momento en que le vi.

—Bueno, alguien tiene que cuidar de las mujeres, ¿no? —repuso él.

Aquel viernes Alice Busang se fe a la agencia, donde mma Ramotswe la estaba esperando.

—Lamento decirle que su marido le es infiel —anunció—. Tengo la prueba.

Alice cerró los ojos. Se lo había imaginado, pero no le hacía ninguna gracia. «Lo mataré —pensó—; no, aún le quiero. Lo odio. No, le quiero.»

Mma Ramotswe le entregó la fotografía.

—Aquí la tiene.

Alice Busang miró la foto fijamente. ¡No puede ser! ¡Sí, era ella! Era la detective.

—¿Usted… —tartamudeó— usted estuvo con mi marido?

—No, él estuvo conmigo —la corrigió mma Ramotswe—. ¿No quería una prueba? Le he conseguido la mejor prueba de todas.

Alice Busang dejó caer la foto.

—Pero usted…, usted ligó con mi marido. Es usted…

Mma Ramotswe frunció el ceño.

—¿No me pidió una prueba?

Alice Busang entornó los ojos.

—¡Es usted una zorra! —le chilló—. ¡Una zorra gorda! ¡Me ha robado a mi Kremlin! ¡Ladrona de maridos! ¡Ladrona!

Mma Ramotswe miró a su clienta, desconcertada. Tal vez lo mejor sería que renunciara a los honorarios de este caso.

15

El descubrimiento del señor J. L. B. Matekoni

Alice Busang fue conducida hasta la puerta de la agencia entre gritos e insultos a mma Ramotswe.

—¡Puta gorda! ¿Y usted se considera detective? ¡No es más que una ninfómana, como todas esas de los bares! ¡Escúchenme todos! Esta mujer no es detective. ¡Primera Agencia de Robo de Maridos! ¡Así tendría que llamarse este sitio!

Terminado el escándalo, mma Ramotswe y mma Makutsi se miraron. ¿Qué podían hacer salvo reírse? Esa mujer había sabido desde el principio lo que su marido se traía entre manos, pero había insistido en que quería una prueba. Y cuando se la daban, culpaba al mensajero.

—Cuide de la agencia mientras estoy en el taller —ordenó su secretaria—. Quiero comentarle al señor J. L. B. Matekoni lo que ha pasado.

El señor Matekoni estaba en su diminuto despacho, acristalado en la parte frontal, arreglando la tapa de un distribuidor.

—La arena se mete por todas partes —protestó—. Mire esto.

Extrajo un fragmento de sílice de un conducto metálico y se lo mostró triunfante a su amiga.

—Esto tan minúsculo hizo detenerse a un camión —explicó—. Este diminuto grano de arena.

—Por querer un clavo, perdió un zapato —comentó mma Ramotswe, recordando lo que una lejana tarde les había dicho un profesor del Mochudi Government School—. Por querer un zapato, el…
—Se detuvo. No lograba acordarse.

—El caballo se cayó. —El señor J. L. B. Matekoni terminó la frase—. A mí también me lo enseñaron.

Dejó el distribuidor en la mesa y fue a llenar la tetera. Esa tarde hacía mucho calor y una taza de té les vendría bien a los dos.

Mma Ramotswe le contó lo de Alice Busang y su reacción a la prueba de las fechorías de Kremlin.

—Tendría que haberle visto —dijo—. ¡Menudo mujeriego! Pelo engominado, gafas oscuras, zapatos caros. El pobre no se daba cuenta de lo ridículo que estaba. Prefiero a los hombres que llevan un par de pantalones dignos y unos zapatos normales.

El señor J. L. B. Matekoni echó un rápido vistazo a sus zapatos, unas viejas y zarrapastrosas botas de ante llenas de grasa, y a sus pantalones. ¿Eran dignos?

—Ni siquiera me he atrevido a cobrarle —prosiguió mma Ramotswe—. No, después de lo ocurrido.

El señor J. L. B. Matekoni asintió. Parecía preocupado. No había vuelto a coger el distribuidor y miraba absorto por la ventana.

—¿Le preocupa algo? —mma Ramotswe se preguntó si el hecho de que le hubiera rechazado le habría molestado más de lo que ella imaginaba. No era un hombre rencoroso, pero ¿estaría resentido con ella? No quería perder su amistad; en cierto modo era su mejor amigo en la ciudad, y la vida sin su reconfortante presencia sería bastante más aburrida. ¿Por qué el amor y el sexo complicaban tanto la vida? Sería mucho más fácil no darles importancia. Actualmente el sexo no desempeñaba ningún papel en su vida, lo que suponía un gran alivio. No tenía que preocuparse de su aspecto; de lo que la gente pensara de ella. Debía de ser horroroso ser un hombre y pensar todo el rato en el sexo, que es lo que presuntamente hacían los hombres. ¡Había leído en una revista que el hombre medio pensaba en eso más de sesenta veces al día! No daba crédito a tal cifra, pero al parecer la avalaban los estudios. Durante sus tareas cotidianas, el hombre medio pensaba en el sexo; pensaba, cómo no, en meter y sacar, que es lo que hacen los hombres, mientras hacía otra cosa. ¿Pensarían en eso los médicos cuando le tomaban el pulso a alguien? ¿Y los abogados cuando preparaban sus defensas sentados a sus mesas? ¿Y los pilotos mientras volaban? Le costaba creerlo.

Y el señor J. L. B. Matekoni, con su cara de no haber roto nunca un plato y sus facciones inexpresivas, ¿estaría pensando en el sexo mientras arreglaba distribuidores o sacaba las baterías de los motores? Mma Ramotswe clavó la vista en él; ¿cómo podía saberlo? ¿Acaso un hombre que pensara en eso miraba con lascivia, abría la boca y enseñaba su lengua rosa o…? No. Imposible.

—¿En qué está pensando, señor J. L. B. Matekoni? —La pregunta le salió sola y se arrepintió al instante. Era como si le estuviera provocando para que reconociera que estaba pensando en el sexo.

El señor J. L. B. Matekoni se levantó y cerró la puerta, que estaba entreabierta. Nadie podía oírlos. Los dos mecánicos estaban en el otro lado del taller, «tomando un té y pensando en el sexo» —se imaginó mma Ramotswe.

—Si no hubiera venido a verme, yo hubiera ido a verla—comentó el señor J. L. B. Matekoni—. Verá, he encontrado algo.

Mma Ramotswe se sintió aliviada; no estaba enfadado por haber rechazado su proposición de matrimonio. Le miró expectante.

—Es que hubo un accidente —explicó él—, nada grave. No hubo heridos. Se quedó todo en un susto. Fue en el viejo cruce. Un camión que estaba saliendo de una curva con poca visibilidad no frenó y chocó contra un coche que salía de la ciudad. El coche se estrelló contra la cuneta y se abolló considerablemente; en cambio, al camión sólo se le rompió un faro y tiene el radiador un poco estropeado.

—¿Y?

El señor J. L. B. Matekoni se sentó y se miró las manos.

—Me llamaron para que sacara el coche de la cuneta. Fui con la grúa y lo levantamos con el cabrestante. Después lo remolcamos hasta aquí y lo dejamos en la parte trasera. Luego se lo enseñaré.

Hizo una breve pausa antes de continuar. La historia parecía bastante simple, pero por algún motivo le estaba costando mucho contarla.

—Examiné el coche. Se trataba básicamente de un problema de chapa y sólo tenía que llamar al carrocero para que vinieran a buscarlo y lo repararan. Pero antes tenía que hacer un par de cosas. Para empezar, tenía que revisar el sistema eléctrico. Los coches caros de hoy en día tienen tanto cableado que basta un pequeño golpe para que todo el sistema se estropee. Si algún cable está cortado, no se pueden cerrar las puertas y el sistema antirrobo se bloquea. Es tan complicado que mis dos empleados, esos que se están tomando un té a mi costa, sólo están empezando a aprenderlo.

»Sea como sea, tenía que revisar una caja de fusibles debajo del salpicadero y, mientras lo hacía, abrí la guantera sin querer. Miré en su interior, no sé por qué, pero algo me hizo mirar. Y encontré algo. Una pequeña bolsa.

La mente de mma Ramotswe iba a cien por hora. Seguro que había encontrado diamantes de contrabando, pensó.

—¿Diamantes?

—No —respondió el señor J. L. B. Matekoni—. Algo mucho peor que eso.

Mma Ramotswe echó un vistazo a la pequeña bolsa que su amigo sacó de la caja fuerte y puso en la mesa. Estaba confeccionada con piel de animal, era como un morral, muy parecida a las bolsas que los basarua ornamentaban con trozos de cáscaras de huevos de avestruz y utilizaban para almacenar hierbas y pasta para sus flechas.

—Ya la abro yo —se ofreció él—. Prefiero que usted no la toque.

Le observó mientras desataba el cordel que cerraba la boca de la bolsa. El señor J. L. B. Matekoni ponía cara de asco, como si estuviese tocando algo de olor repugnante.

De hecho, los tres objetos pequeños que extrajo de la bolsa olían fuertemente a humedad. Ahora lo entendía. No era necesario que añadiera nada más. Ahora entendía por qué su amigo se había mostrado tan ausente e inquieto. Lo que el señor J. L. B. Matekoni había encontrado era *muti*. Brujería.

Mientras ponía los objetos sobre la mesa, mma Ramotswe no dijo nada. ¿Qué podía decir de estos lastimosos restos, del hueso, del fragmento de piel, de la diminuta botella de madera con tapón y su escalofriante contenido?

El señor J. L. B. Matekoni, reacio a tocar los objetos con la mano, se sirvió de un lápiz.

—Esto es lo que encontré —se limitó a decir.

Mma Ramotswe se levantó de la silla y caminó hacia la puerta. Tenía náuseas, como ocurre siempre que se inspira algo nauseabundo, un burro muerto en una cuneta o el insoportable olor a carroña.

La sensación de vómito desapareció y se dio la vuelta.

—Me llevaré el hueso para que lo estudien —anunció—. A lo mejor nos estamos equivocando. Puede que se trate de un animal, de un antílope o una liebre.

El señor J. L. B. Matekoni sacudió la cabeza en señal de negación.

—No —repuso—, me temo que sé la respuesta.

—De todas maneras —insistió mma Ramotswe—. Póngalo en un sobre, que me lo llevo.

El señor J. L. B. Matekoni iba a hablar pero se lo pensó mejor. Quería advertirle, decirle que era peligroso jugar con estas cosas, pero eso significaría que creía en ellas y no era cierto. ¿No?

Mma Ramotswe se metió el sobre en el bolsillo y sonrió.

—Ahora ya no puede pasarme nada —afirmó—. Estoy protegida.

El señor J. L. B. Matekoni intentó reírse de la broma, pero fue incapaz. Usar esas palabras era tentar a la Providencia y deseó que no tuviera que arrepentirse de ellas.

—Hay algo que quisiera saber —dijo mma Ramotswe mientras abandonaba el despacho—. ¿Ese coche… de quién es?

El señor J. L. B. Matekoni miró a los dos mecánicos. Aunque ambos estaban fuera del alcance del oído, le contestó en voz baja:

—De Charlie Gotso. Del gran Charlie Gotso.

Los ojos de mma Ramotswe se abrieron como platos.

—¿De Gotso? ¿El pez gordo?

El señor J. L. B. Matekoni asintió. Todo el mundo conocía a Charlie Gotso. Era uno de los hombres más influyentes del país. Sabía la vida de…, bueno, de todo aquel que le interesaba. No había puerta que se le cerrara en todo el país ni nadie que se negara a hacerle un favor. Si Charlie Gotso te pedía que le hicieras un favor, lo hacías. Si no, al cabo de un tiempo empezabas a notar que las cosas se torcían. Lo hacía siempre de una manera muy sutil: la solicitud de una licencia para tu empresa se retrasaba de forma inesperada; tenías la sensación de que siempre había controles de velocidad justo en tu trayecto al trabajo, o el nerviosismo de tus empleados aumentaba y cambiaban de trabajo. Nunca se sabía a ciencia cierta, como ocurría con todo en Botsuana, pero la sensación era muy real.

—¡Oh, Dios mío! —exclamó mma Ramotswe.

—Eso digo yo —repuso el señor J. L. B. Matekoni—. ¡Oh, Dios mío!

16

Dedos cortados y serpientes

Al principio, lo que en Gaborone en realidad equivale a decir treinta años antes, había muy pocas fábricas. De hecho, cuando el Princess Marina fue testigo de cómo bajaban la bandera del Reino Unido en el Estadio aquella ventosa noche de 1966 y el Protectorado de Bechuanalandia dejaba de existir, no había ninguna. Por aquel entonces, mma Ramotswe era una niña de ocho años, alumna del Government School de Mochudi, y sólo vagamente consciente de que se estaba viviendo un acontecimiento y de que acababa de empezar lo que la gente llamaba libertad. Pero al día siguiente no había notado nada diferente y se preguntó qué significaría eso de la libertad. Ahora, por supuesto, ya lo sabía, y su corazón se llenaba de satisfacción al pensar en todo lo que se había conseguido en esos breves treinta años. La vasta extensión de territorio, con la que los británicos no habían sabido realmente muy bien qué hacer, había prosperado hasta convertirse, con mucho, en el Estado mejor gobernado de África. Por fin la gente podía gritar con orgullo: ¡*Pula*! ¡*Pula*! ¡Que llueva! ¡Que llueva!

Gaborone había crecido, volviéndose irreconocible. La primera vez que fue allí, de niña, había poco más que varias hileras de casas en los alrededores del Mall y de las escasas dependencias gubernamentales.

Era mucho mayor que Mochudi, evidentemente, y mucho más impactante, con esos edificios públicos y la residencia de Seretse Khama, pero aun así seguía siendo bastante pequeño en comparación con fotografías de Johannesburgo o incluso de Bulawayo. Y no había fábricas. Ni una sola.

Después, poco a poco, las cosas fueron cambiando. Alguien montó una carpintería que fabricaba robustas sillas para el salón. Luego alguien más decidió abrir una fábrica para hacer bloques de hormigón destinados a la construcción de casas. Otros se animaron y pronto hubo una parcela junto a la carretera de Lobatsi a la que la gente empezó a llamar Zona Industrial, lo que causó un gran revuelo; la gente pensaba que eso era lo que aportaba la libertad. Naturalmente, había una Asamblea Legislativa y una Cámara de los Jefes, donde todo el mundo podía decir lo que quisiera, y así lo hacían, pero además estaban las pequeñas fábricas y los puestos de trabajo que éstas creaban. Ahora había incluso una fábrica de camiones en la carretera de Francistown que producía diez camiones al mes y los enviaba nada más y nada menos que al Congo; ¡y todo esto habiendo empezado de cero!

Mma Ramotswe conocía a un par de gerentes y a un propietario de fábrica. El propietario en cuestión, un motsuana que había llegado al país desde Suráfrica en busca de la libertad que se le negaba al otro lado de la frontera, había montado una fábrica de tornillos con un capital ínfimo, un par de máquinas de segunda mano compradas a una empresa en quiebra de Bulawayo y una mano de obra que se reducía a su cuñado, él y un chico retrasado que se había encontrado sentado bajo un árbol y que había demostrado ser bastante capaz de clasificar tornillos. El negocio había prosperado, principalmente porque su filosofía era muy simple. La empresa fabricaba un único tipo de tornillo, el que se necesitaba para fijar láminas de calamina sobre las vigas de los tejados. El proceso era sencillo, sólo se precisaba un tipo de máquina; una máquina que nunca se estropeaba y que necesitaba poco mantenimiento.

La fábrica de Hector Lepodise creció rápidamente; cuando mma Ramotswe le conoció tenía treinta empleados y ya vendía tornillos para sujetar las planchas a las viguetas en ciudades tan al norte como Malaui. Al principio todos sus empleados eran parientes suyos, a excepción del chico retrasado, que tiempo después había sido ascendido a encargado del té; sin embargo, a medida que el negocio se expandía, el suministro de parientes disminuyó, y Hector empezó a contratar gente de fuera. Pero mantuvo sus hábitos paternalistas anteriores (siempre daba tiempo libre para los funerales y pagaba el sueldo entero a quien estaba verdaderamente enfermo) y, como resultado, sus trabajadores le eran, por lo general, muy leales. Claro que con una plantilla de treinta empleados, de los cuales doce eran familiares, era inevitable que alguien pretendiera aprovecharse de su magnanimidad, y ahí era donde intervenía mma Ramotswe.

—Tal vez me equivoque —dijo Hector mientras tomaba un café con mma Ramotswe en la terraza del President Hotel—, pero es que ese hombre nunca me ha inspirado confianza. Entró en la empresa hace sólo seis meses y ahora pasa esto.

—¿Dónde estaba trabajando antes? —preguntó mma Ramotswe—. ¿Qué le han dicho allí de él?

Hector se encogió de hombros.

—Trajo referencias de una fábrica del otro lado de la frontera. Les he escrito una carta, pero no se han molestado en contestarme. Algunos no nos toman en serio. Nos tratan como a esos pobres que viven en los *bantustans*. Ya sabe a qué me refiero, a esas reservas de tierras estériles a las que el régimen del apartheid envió a vivir a varios millones de surafricanos.

Mma Ramotswe asintió. Lo sabía. No todos eran así, por supuesto, pero la mayoría eran muy desagradables, lo que en cierto modo eclipsaba las virtudes de algunos de los simpáticos. Era una pena.

—La cuestión es que vino a mi empresa hace seis meses —prosiguió Hector—. Como demostró ser muy buen operario, lo puse en la máquina nueva que le compré a un tipo holandés. Trabajaba bien y le aumenté el sueldo en cincuenta pulas mensuales. Entonces, de repente, se marchó; así de simple.

—¿Por alguna razón en especial? —preguntó mma Ramotswe.

Hector arqueó las cejas.

—Que yo sepa, no. Cobró un viernes y ya no volvió. De eso hace un par de meses. Luego lo siguiente que supe de él fue a través de un abogado de Mahalapye. Me escribió una carta diciendo que Salomon Moretsi, su cliente, iba a interponer una demanda contra mí para que le indemnizara con cuatro mil pulas por la pérdida de un dedo en un accidente laboral en mi empresa.

Mma Ramotswe sirvió otra taza de café a los dos mientras asimilaba la historia.

—¿Y hubo tal accidente?

—En la fábrica tenemos un registro de incidencias laborales —explicó Hector—. Si alguien resulta herido, tiene que anotar los detalles en él. Comprobé la fecha que me había dicho el abogado y sí que había escrito algo. Moretsi había anotado que se había hecho daño en un dedo de la mano derecha, que se había puesto una venda y que la cosa parecía controlada. Hice mis indagaciones y alguien me comentó que Moretsi les había dicho que dejaba un rato la máquina para irse a curar el dedo que se había cortado. Todos pensaron que no era nada grave y no le dieron importancia.

—¿Y después se fue?

—Así es —respondió Hector—. Esto sucedió unos días antes de que se fuera.

Mma Ramotswe miró a su amigo. Sabía que era un hombre honesto y un buen jefe, y estaba segura de que si alguien tenía un accidente laboral, haría todo lo que pudiera por él.

Hector dio un sorbo de café.

—No me fío de ese hombre —señaló—. Nunca me he fiado de él. No me creo que se haya cortado un dedo en la fábrica. Puede que se lo haya cortado en otro sitio, pero eso no tiene nada que ver conmigo.

Mma Ramotswe sonrió.

—¿Quiere que encuentre ese dedo? ¿Por eso me ha citado en el President Hotel?

Hector se echó a reír.

—Sí. Y porque me encanta estar aquí sentado con usted y quiero pedirle que se case conmigo; pero sé que la respuesta será siempre la misma.

Mma Ramotswe alargó el brazo y acarició a su amigo.

—No tengo nada en contra del matrimonio —repuso ella—, pero la vida de una mujer detective, la primera del país, no es fácil. No podría quedarme en casa cocinando, ya lo sabe.

Hector sacudió la cabeza.

—Siempre le he dicho que le pondría un cocinero. Dos, si quiere. Y podría seguir siendo detective.

Mma Ramotswe seguía sin estar convencida.

—No —insistió—. Puede pedírmelo todas las veces que quiera, Hector Lepodise, pero me temo que la respuesta seguirá siendo no. Le quiero como amigo, pero no quiero un marido. Ya tuve suficiente con uno.

Mma Ramotswe echó un vistazo a los papeles que tenía Hector en su despacho. Era una habitación calurosa e incómoda, que no amortiguaba los ruidos de la fábrica y donde apenas había espacio suficiente para los dos archivadores y las dos mesas que había en ella. Sobre cada mesa había papeles esparcidos; recibos, facturas, catálogos técnicos.

—Seguro que si tuviera una esposa —se lamentó Hector—, este despacho no estaría tan desordenado. Habría sillas donde sentarse y un jarrón de flores en mi mesa. Una mujer cambiaría todo esto.

Mma Ramotswe sonrió al oír el comentario, pero permaneció callada. Cogió el mugriento libro que él le había dado y lo hojeó. Era el registro de incidentes y, efectivamente, estaba detallada la lesión de Moretsi, escrita en mayúsculas con caligrafía bastante rudimentaria:

MORETSI CORTADO DEDO. SEGUNDO DESDE PULGAR. CULPA MÁQUINA. MANO DERECHA. PUESTO YO MISMO VENDA. FIRMADO: SOLOMON MORETSI. TESTIGO: JESUCRISTO.

Releyó la anotación y luego se centró en la carta del abogado. Las fechas concordaban: «Mi cliente asegura que el accidente tuvo lugar el pasado 10 de mayo. Al día siguiente acudió al Hospital Princess Marina. Le curaron la herida, pero ya tenía osteomielitis. Al cabo de una semana le operaron y le amputaron el dedo herido a la altura de la primera falange (ver informe médico adjunto). Mi cliente afirma que dicho accidente es el resultado de una absoluta negligencia por su parte por no proteger adecuadamente la zona de máquinas de su fábrica y me ha encargado que, en su nombre, interponga una demanda contra usted. Evidentemente, beneficiaría a todas las partes implicadas que se llegara pronto a un acuerdo amistoso y, en consecuencia, mi cliente aceptaría cuatro mil pulas en vez de la cantidad que otorgara un juez por daños y perjuicios».

Mma Ramotswe leyó el resto de la carta que, a su juicio, no era más que una jerga absurda que el abogado había aprendido en la Facultad de Derecho. Esta gente era imposible; asistían a clases durante algunos años en la Universidad de Botsuana y ya se consideraban expertos en todo. ¿Qué sabían de la vida? Lo único que sabían hacer era repetir como loros la consabida terminología de su profesión, y no cejar en su empeño de conseguir que alguien, en alguna parte, acabara pagando. En la mayoría de los casos ganaban por agotamiento, pero ellos determinaban que era por sus habilidades. ¡Qué pocos aguantarían en su profesión, donde se necesitaban tacto y perspicacia!

Echó una mirada a la copia del informe médico. Era breve y decía exactamente lo que el abogado había parafraseado. La fecha encajaba; el encabezamiento parecía auténtico, y estaba firmado por el doctor. Su nombre le sonaba.

Mma Ramotswe alzó la vista y vio que Hector la miraba expectante.

—Parece que todo encaja —apuntó ella—. Se cortó el dedo y se le infectó. ¿Qué dicen los de la compañía de seguros?

Hector suspiró.

—Que debería pagar. Dicen que cubrirán los gastos y que a largo plazo me saldrá más barato. Si empiezo con abogados, al final las costas superarán la indemnización. Están dispuestos a pagar diez mil pulas como máximo, aunque me han pedido que no lo comente con nadie. No quieren que la gente piense que dan dinero sin ton ni son.

—Quizá debería hacer lo que le aconsejan —señaló mma Ramotswe. Le daba la impresión de que era inútil negar que el accidente había ocurrido. Estaba claro que ese hombre había perdido un dedo y que merecía alguna compensación; ¿a qué venía tanto jaleo, si ni siquiera era Hector el que tenía que pagar?

Hector le leyó el pensamiento.

—No lo haré —replicó—. Simplemente me niego, me niego. ¿Por qué tengo que darle dinero a alguien que está intentando tomarme el pelo? Esta vez me ha tocado a mí, pero la próxima le tocará a otro. Preferiría darle cuatro mil pulas a alguien que realmente las mereciera.

Señaló la puerta que conectaba el despacho con la fábrica.

—Ahí dentro hay una mujer que tiene diez hijos. Sí, diez. Y trabaja duro. Imagínese lo que podría llegar a hacer con cuatro mil pulas.

—Pero a ella no le han amputado un dedo —le interrumpió mma Ramotswe—. Tal vez él necesite el dinero, si ya no puede trabajar como antes.

—¡Bah! ¡Bah! Ese hombre es un estafador. No podía echarlo porque no tenía de qué acusarlo, pero sabía que no era trigo limpio. Y a algunos empleados tampoco les caía bien. Si no pregúntele al chico que hace el té, el que tiene un agujero en el cerebro. Se negaba a servirle el té. Decía que el tipo era un perro y que los perros no beben té. ¿Lo ve? Él lo sabía. Los retrasados son muy perceptivos.

—Pero hay una gran diferencia entre tener una sospecha y disponer de pruebas que demuestren algo —aclaró mma Ramotswe—. No podría presentarse en el Tribunal Supremo de Lobatsi y decir que hay algo de ese hombre que no es del todo recto. El juez se reiría en su cara. Eso es lo que hacen los jueces en situaciones así; se ríen.

Hector estaba callado.

—Cálmese —le recomendó mma Ramotswe en voz baja—. Haga lo que le dice la aseguradora; de lo contrario, acabará pagando mucho más de cuatro mil pulas.

Hector negó con la cabeza.

—No pienso pagar por algo que no hice —dijo entre dientes—. Quiero que averigüe lo que está tramando ese tipo. Le propongo un trato: si dentro de una semana viene y me dice que estoy equivocado, pagaré sin rechistar. ¿Qué me dice?

Mma Ramotswe asintió. Entendía que no estuviera dispuesto a pagar por unos daños y perjuicios que no eran responsabilidad suya, y ella tampoco le cobraría mucho por una semana de trabajo. Su amigo era rico y tenía todo el derecho a gastarse el dinero en lo que considerara oportuno; y, si Moretsi mentía, por el camino habrían desenmascarado a un ladrón. De modo que aceptó el trato y se marchó en su pequeña furgoneta blanca preguntándose cómo podía probar que el dedo cortado no tenía nada que ver con la fábrica de Hector. Mientras aparcaba delante de la agencia y entraba en su fresca sala de estar se percató de que no tenía la menor idea de cómo proceder. Todo apuntaba a que era un caso perdido.

Aquella noche, tumbada en la cama de su casa, mma Ramotswe no podía conciliar el sueño. Se levantó, se puso las zapatillas rosas que llevaba siempre desde que le mordió un escorpión paseando por la casa y se fue a la cocina a hacer té.

La casa parecía distinta de noche. Naturalmente, todo estaba en su sitio, pero en cierto modo daba la impresión de que los muebles se volvían más angulosos y los cuadros de la pared más unidimensionales. En una ocasión le había oído decir a alguien que de noche somos todos unos desconocidos, incluso para nosotros mismos, y le parecía que era verdad. Era como si los objetos, que tan familiares le resultaban durante el día, pertenecieran a otra persona, a alguien llamado mma Ramotswe, que no era exactamente la misma persona que deambulaba por la casa en zapatillas rosas. Hasta la fotografía de su papaíto, enfundado en un reluciente traje azul, parecía diferente. El hombre de la foto se llamaba Papaíto Ramotswe, eso sí, pero no era el papaíto que ella había conocido, el que lo había sacrificado todo por ella y cuyo último deseo había sido verla feliz con su propio negocio. ¡Qué orgulloso se sentiría de ella, si viera la Primera Agencia Femenina de Detectives! Una agencia que conocían todas las personas de prestigio de la ciudad, incluidas las secretarias y los ministros del Gobierno. Y qué importante se habría sentido si la hubiera visto aquella misma mañana, en que al salir del President Hotel había estado a punto de tropezar con el Alto Comisionado de Malaui, que le había dicho: «Buenos días, mma Ramotswe. ¡Dios mío! Casi me tira usted al suelo, aunque sería para mí un honor que lo hiciera». ¡La conocía hasta el Alto Comisionado! ¡Hasta las personalidades sabían cómo se llamaba! No es que la impresionaran, por supuesto que no, aunque se tratara de un Alto Comisionado; pero a su papaíto sí que le habrían impresionado, y lamentaba que no viviera para poder ver cómo los planes que tenía para su hija habían dado su fruto.

Se preparó el té y se sentó a tomarlo en la silla más cómoda de la casa. Era una noche calurosa, y se oían ladridos de perros por toda la ciudad, incitándose unos a otros en la oscuridad. Era un ruido que ya ni notaba, pensó. Siempre se oían ladridos de perros defendiendo sus territorios contra sombras y vientos. ¡Qué bichos tan estúpidos!

Pensó en Hector. Era un hombre testarudo, tenía fama de serlo, pero precisamente por eso le respetaba. ¿Por qué tenía que pagar? ¿Qué era lo que había dicho?: «Esta vez me ha tocado a mí, pero la próxima vez le tocará a otro». Se quedó pensando unos instantes y luego dejó la taza de té en la mesa. La idea se le ocurrió de repente, como todas sus grandes ideas. A lo mejor Hector era ese otro. A lo mejor Moretsi ya había interpuesto otras demandas. ¡Tal vez Hector no era el primero!

Tras su ocurrencia logró dormirse y se levantó a la mañana siguiente convencida de que un par de pesquisas y quizás un viaje a Mahalapye serían suficientes para enterarse de las falsas demandas de Moretsi. Desayunó aprisa y fue directamente a la agencia. Ya se acercaba el fin del invierno, lo que significaba que la temperatura aún era agradable y el cielo, de un azul claro e intenso, estaba despejado. El ambiente olía ligeramente a madera chamuscada, era un olor que le desgarraba el alma porque le recordaba otras mañanas en Mochudi, alrededor de la hoguera. Volvería allí, pensó, cuando hubiera trabajado lo bastante para retirarse. Se compraría una casa, o tal vez se la haría, y les diría a algunos de sus primos que se fueran a vivir con ella. Plantarían melones y a lo mejor comprarían una pequeña tienda en el centro; y cada mañana podría sentarse al aire libre, oler el humo de la madera y disfrutar sabiendo que pasaría el día charlando con sus amigos. ¡Qué pena le daban los blancos, que no podían hacer nada de esto, siempre yendo de aquí para allí, preocupados por cosas que igualmente iban a ocurrir! ¿Para qué servía tener tanto dinero si uno nunca podía sentarse tranquilo o sencillamente observar al ganado comiendo hierba? Ella creía que para nada; absolutamente para nada y, sin embargo, los blancos no lo sabían. Alguna que otra vez se encontraba uno con algún blanco con sentido común, que se daba cuenta de cómo eran las cosas en realidad; pero podían contarse con los dedos de la mano, y el resto de blancos solían tratarlos con recelo.

La asistenta que limpiaba la agencia ya estaba allí cuando llegó mma Ramotswe. Le preguntó por su familia, y la mujer la puso al día de los últimos acontecimientos. Tenía un hijo que trabajaba de vigilante en la cárcel y otro que estaba de aprendiz de chef en el Sun Hotel. A los dos les iba bien, a cada uno en lo suyo, y sus logros siempre despertaban el interés de mma Ramotswe. Pero aquella mañana evitó que se explayara, con la mayor educación posible, y se puso a trabajar.

Las Páginas Amarillas le proporcionaron la información que necesitaba. Había diez compañías de seguros que operaban en Gaborone: cuatro eran pequeñas y su campo de actividad, probablemente, restringido; de las otras seis había oído hablar, y a cuatro de ellas les había prestado sus servicios. Anotó sus nombres y números de teléfono y se puso en marcha.

Primero llamó a la Botswana Eagle Company. Se mostraron solícitos, pero no pudieron aportar nada de interés, al igual que en la Mutual Life Company of Southern Africa y en la Southern Star Insurance Company. A la cuarta llamada, en la Kalahari Accidental and Indemnity, donde le pidieron que les diera una hora para buscar en los archivos, encontró lo que necesitaba saber.

—Hemos encontrado una demanda con ese nombre —dijo una mujer al otro lado del teléfono—. Hace un par de años una gasolinera de la ciudad nos interpuso una demanda. Uno de sus empleados afirmó haberse lesionado un dedo mientras ponía un surtidor en su sitio. Perdió un dedo y culpó de ello al dueño de la empresa.

El corazón de mma Ramotswe dio un vuelco.

—¿Cuánto le pagaron? ¿Cuatro mil pulas? —preguntó.

—Casi —respondió—. Se contentó con tres mil ochocientas.

—¿Era la mano derecha? —inquirió mma Ramotswe—. ¿El segundo dedo empezando desde el pulgar?

La recepcionista revolvió unos papeles.

—Sí —contestó—. Hay un informe médico. Dice algo de… Es una palabra muy larga…, osteomie…

—... litis —la interrumpió mma Ramotswe—. ¿Pone que hubo que amputarle el dedo a la altura de la primera falange?

—Sí —respondió la mujer—. Exacto.

Había un par de detalles que mma Ramotswe quería preguntar y así lo hizo antes de darle las gracias a la recepcionista y colgar. Durante unos instantes permaneció quieta, sentada, saboreando la satisfacción de haber descubierto el fraude con tanta rapidez. Pero aún había muchos cabos que atar y para ello tendría que ir a Mahalapye. Quería ver a Moretsi, si era posible, y también entrevistarse con su abogado, un placer que daría más o menos por bien empleadas las dos horas de horrible trayecto por la carretera de Francistown.

El abogado se mostró bastante interesado en verla aquella misma tarde. Había dado por sentado que mma Ramotswe había sido contratada por Hector para llegar a un acuerdo y pensó que le sería bastante fácil amilanarla para llevarla a su terreno. De hecho, tal vez intentarían conseguir algo más de cuatro mil pulas; podía decir que de la evaluación de los daños habían surgido nuevos datos que requerían aumentar el precio de la indemnización. Usaría la palabra *quantum*, que le parecía que era latín, y quizás incluso aludiera a una decisión reciente del Tribunal de Apelación, o incluso a la División de Apelación de Bloemfontein. Eso intimidaría a cualquiera, ¡sobre todo a una mujer! Y, sí, estaba convencido de que el señor Moretsi podría estar presente. Ciertamente era un hombre ocupado; no, la verdad es que no lo era, pobre hombre, no podía trabajar a consecuencia de la lesión, pero se aseguraría de que estuviera presente.

Mma Ramotswe soltó una carcajada al colgar el teléfono. El abogado iría a sacar a su cliente de algún bar, pensó, donde estaría celebrando prematuramente su recompensa de cuatro mil pulas. Pues bien, le esperaba una desagradable sorpresa y ella, mma Ramotswe, sería la mensajera de Némesis.

Dejó a su secretaria al frente de la agencia y partió hacia Mahalapye en su pequeña furgoneta blanca. Las temperaturas habían subido y ahora, a mediodía, la verdad es que hacía bastante calor. Dentro de un par de meses, a media mañana el calor sería insoportable y evitaría a toda costa tener que hacer cualquier viaje. Viajaba con la ventana bajada y el aire que entraba refrescaba el vehículo. Pasó por delante de la Central de Investigación de Tierras Áridas y la carretera que conducía a Mochudi. Pasó de largo las colinas que había al este de Mochudi y se dirigió al amplio valle que había a los pies de ésta. A su alrededor no había nada, sólo la sabana infinita, que se extendía hasta los confines del Kalahari, a un lado, y las praderas del Limpopo, al otro. La inmensa sabana, completamente vacía a excepción de algunas reses y del ocasional crujido de un molino de viento que extraía un delgado chorro de agua para el ganado sediento; todo vacío, sin nada, en eso era rico su país, en vacuidad.

Estaba a media hora de Mahalapye cuando la serpiente apareció en la carretera. Primero vio salir medio cuerpo, un dardo verde que contrastaba con el negro alquitrán; y enseguida la alcanzó, tenía a la serpiente debajo de la furgoneta. Mma Ramotswe contuvo la respiración y aminoró la marcha mientras miraba por el retrovisor. ¿Dónde estaba la serpiente? ¿Había conseguido cruzar la carretera a tiempo? No, la había visto colarse debajo del vehículo y estaba convencida de que había oído algo, un ruido seco.

Se detuvo en el borde de la carretera y volvió a mirar por el espejo. Ni rastro de la serpiente. Miró el volante y tamborileó sobre él con los dedos. A lo mejor todo había sido muy rápido y no había podido verla; esas serpientes podían moverse a una velocidad increíble. Aunque había mirado casi enseguida y era una serpiente demasiado grande para desaparecer así como así. No, la serpiente estaba en alguna parte de la furgoneta, en el motor o bajo su asiento quizá. Había pasado infinidad de veces. La gente recogía serpientes como pasajeros y no se enteraba de su presencia hasta que los mordían. Sabía de personas que habían muerto al volante, mientras conducían, mordidas por serpientes que habían quedado atrapadas en los conductos y varillas que recorrían todo el coche.

Mma Ramotswe sintió la imperiosa necesidad de bajarse de la furgoneta. Abrió la puerta, al principio titubeante, pero luego la abrió por completo y salió de un salto, para permanecer de pie, jadeando, junto a ella. A esas alturas ya estaba convencida de que había una serpiente debajo de la furgoneta, pero ¿cómo podía sacarla? ¿Y qué clase de serpiente era? La recordaba verde, por lo que quedaba descartado que fuera una mamba. La gente hablaba mucho de las mambas verdes, que ciertamente existían, pero mma Ramotswe sabía que estaban muy esparcidas y que en Botsuana no había. La mayoría de ellas vivían en los árboles y no les gustaban los ralos arbustos espinosos. Era más probable que se tratara de una cobra, pensó, porque era bastante grande y no conocía otra serpiente de ese tamaño que fuera de color verde.

Mma Ramotswe se quedó quieta. Cabía la posibilidad de que la serpiente la estuviera observando en ese preciso instante, dispuesta a atacar si daba un paso más; o de que hubiera llegado a la cabina, a la altura de su asiento. Se inclinó hacia delante intentando mirar debajo del vehículo, pero no podía agacharse lo bastante sin ponerse a gatas. Y si lo hacía, y la serpiente decidía atacar, tenía miedo de no poder apartarse con la suficiente rapidez. Se incorporó de nuevo y pensó en Hector. Los maridos servían para estas cosas. Si hubiera aceptado su proposición años atrás, ahora no estaría yendo sola a Mahalapye. La acompañaría su marido y sería él quien se introduciría debajo de la furgoneta para sacar a la serpiente de dondequiera que estuviera.

La carretera estaba poco transitada, pero de vez en cuando pasaba algún coche o camión, y en ese momento vio un coche que venía de Mahalapye. Al aproximarse a ella, el vehículo desaceleró y, finalmente, paró. Al volante había un hombre y en el asiento contiguo, un chico.

—¿Ocurre algo, mma? —preguntó el hombre educadamente—. ¿Se le ha averiado la furgoneta?

Mma Ramotswe cruzó la carretera y habló con él a través de la ventana abierta. Le contó lo de la serpiente y el hombre apagó el motor y bajó de su coche, ordenándole al joven que no se moviera de donde estaba.

—Suelen colarse por debajo —afirmó—. Puede ser peligroso. Ha hecho bien en parar.

El hombre se acercó a la furgoneta con cautela. Entonces, asomándose al interior de ésta por el asiento del conductor, buscó la palanca que abría el capó y la accionó con fuerza. Contento de que se hubiera abierto, caminó lentamente hacia la parte frontal del vehículo y levantó el capó cuidadosamente. Mma Ramotswe se puso detrás de él, mirando por encima de su hombro, lista para salir corriendo en cuanto viera al animal.

De pronto el hombre se quedó absolutamente inmóvil.

—No haga ningún movimiento brusco —le comentó en voz baja—. Está ahí. ¿La ve?

Mma Ramotswe miró en la zona del motor. A primera vista no notó nada inusual, pero entonces la serpiente se movió ligeramente y la vio. No se había equivocado; era una cobra, enroscada alrededor del motor, y movía la cabeza a izquierda y derecha, despacio, como si estuviera buscando algo.

El hombre permanecía completamente inmóvil. De repente cogió a mma Ramotswe por el antebrazo.

—Vaya con mucho cuidado hasta la puerta —ordenó—. Métase dentro de la furgoneta y ponga el motor en marcha. ¿Lo ha entendido?

Mma Ramotswe asintió. Moviéndose con la mayor lentitud posible se sentó en el asiento del conductor y alargó el brazo para girar la llave.

El motor se puso en marcha de inmediato, como siempre. La pequeña furgoneta blanca siempre se había puesto en marcha a la primera.

—¡Apriete el acelerador! —gritó el hombre—. ¡Pise a fondo!

Mma Ramotswe hizo lo que le ordenó y el motor rugió con fuerza. Se oyó un ruido procedente del capó, otro ruido seco, y después el hombre le hizo señas para que apagara el motor. Mma Ramotswe lo apagó y esperó a que le indicara cuándo había pasado el peligro para poder salir del vehículo.

—Ya puede salir —le dijo—. Ya no hay ninguna cobra.

Mma Ramotswe bajó de la furgoneta y se acercó a la parte delantera. Echó un vistazo al motor y vio a la cobra, quieta, partida en dos.

—Se había enroscado en las aspas del ventilador —explicó el hombre con cara de asco—. Una forma muy desagradable de morirse, incluso para una serpiente; pero podía haberse introducido en la cabina y haberla mordido. ¡Imagínese! Por suerte no ha pasado nada y usted está sana y salva.

Mma Ramotswe le dio las gracias y siguió su camino, dejando la cobra al borde de la carretera. El viaje ya era memorable, incluso aunque no sucediera nada más en la próxima media hora de trayecto. Y así fue, no sucedió nada más.

—Verá —empezó diciendo Jameson Mopotswane, el abogado de Mahalapye, volviéndose a acomodar en su austero despacho, que estaba junto a la carnicería—, mi pobre cliente se retrasará un poco porque acaban de darle el recado de que venga hacia aquí; pero, mientras le esperamos, usted y yo podemos discutir los detalles del acuerdo.

Mma Ramotswe saboreó ese instante. Se reclinó en la silla y echó un vistazo a la habitación, decorada con modestia.

—Por lo que veo —comentó ella—, la economía no va muy bien por aquí —añadió.

Jameson Mopotswane dio un brinco.

—No está mal —repuso—. La verdad es que no paro. Empiezo a las siete de la mañana y no me voy hasta las seis de la tarde.

—¿Todos los días? —preguntó mma Ramotswe con inocencia.

Jameson Mopotswane la miró.

—Sí —contestó—, todos los días, sábados incluidos. Y a veces hasta algún domingo.

—Debe de tener mucho trabajo —replicó mma Ramotswe.

El abogado entendió aquello como una tregua y sonrió, pero mma Ramotswe continuó:

—Sí, un montón de trabajo, separando las mentiras, digamos, poco usuales de las verdades que dicen sus clientes.

Jameson Mopotswane dejó caer la pluma en la mesa y clavó la vista en ella. ¿Quién era esta mujer tan irritante y qué derecho tenía a hablar de sus clientes de esa manera? Si venía en ese plan, por él no había ningún problema en que no hubiera acuerdo alguno. Ganaría más dinero, aunque acudir a los tribunales retrasaría la indemnización de su cliente.

—Mis clientes no mienten —se defendió silabeando—. En definitiva, no más que cualquier persona. Y permítame que le diga que no tiene ningún derecho a sugerir que son unos mentirosos.

Mma Ramotswe levantó una ceja.

—¿Ah, no? —lo desafió—. Muy bien, hablemos del señor Moretsi, por ejemplo. ¿Cuántos dedos tiene?

Jameson Mopotswane la miró con desdén.

—Es muy fácil reírse de los que sufren —comentó con desprecio—. Sabe perfectamente que tiene nueve, nueve y medio para ser exactos.

—¡Qué curioso! —exclamó mma Ramotswe—. Entonces, ¿cómo puede ser que hace tres años interpusiera con éxito una demanda contra la Kalahari Accident and Indemnity por haber perdido un dedo en un accidente mientras trabajaba en una gasolinera? ¿Puede explicarme eso?

El abogado estaba completamente atónito.

—¿Hace tres años? —preguntó con un hilo de voz—. ¿Un dedo?

—Sí —respondió mma Ramotswe—. Casualmente pidió cuatro mil pulas y al final lo dejaron en tres mil ochocientas. La compañía me ha proporcionado el número de la demanda, por si lo quiere comprobar. Cuando se está investigando algún caso de posible fraude a la aseguradora, se muestran siempre muy serviciales. Extraordinariamente serviciales.

Jameson Mopotswane no articuló palabra y de repente mma Ramotswe sintió lástima por él. No le gustaban los abogados, pero ese hombre estaba intentando ganarse la vida, como todo el mundo, y tal vez estaba siendo demasiado dura con él. A lo mejor tenía unos padres ancianos que mantener.

—Enséñeme el informe médico —le dijo mma Ramotswe casi con amabilidad—. Me gustaría verlo.

El abogado abrió un archivador de su mesa y extrajo de él un informe.

—Tenga —dijo—. Parecía bastante auténtico.

Mma Ramotswe echó un vistazo al encabezamiento de la hoja y asintió.

—Aquí está —afirmó—. Tal como me temía. Mire esta fecha de aquí. Borraron la antigua y la cambiaron por una nueva. No dudo que nuestro amigo se rompiera el dedo en su día e incluso puede que fuera a consecuencia de un accidente laboral; pero lo único que ha hecho a partir de entonces es comprar un bote de líquido corrector, cambiar la fecha e inventarse un nuevo accidente, así de sencillo.

El abogado cogió el informe y lo puso a contraluz. No le hubiera hecho falta hacerlo; el líquido corrector se veía perfectamente a simple vista.

—Me sorprende que no se diera usted cuenta antes —comentó mma Ramotswe—. No hay que ser forense para deducir lo que ha hecho su cliente.

En ese preciso instante, sintiéndose el abogado completamente avergonzado, Moretsi hizo acto de presencia. Entró en el despacho y alargó el brazo para darle la mano a mma Ramotswe. Ella le miró la mano, vio el muñón y declinó su propuesta de saludo.

—Tome asiento —le soltó Jameson Mopotswane con frialdad.

Moretsi parecía sorprendido, pero hizo lo que le acababan de ordenar.

—Así que es usted la mujer que ha venido a pagar...

El abogado le interrumpió:

—Esta mujer no ha venido a pagar nada —le espetó—. Ha venido desde Gaborone para preguntarle por qué se dedica a interponer demandas por dedos amputados.

Mma Ramotswe observó la expresión de Moretsi mientras el abogado hablaba. Incluso aunque no hubieran tenido la prueba del cambio de fecha en el informe médico, su aspecto abatido le habría delatado. La gente siempre se venía abajo cuando confrontaba la verdad; pocos, muy pocos le hacían frente.

—¿Que yo me dedico a interponer demandas? —repuso con voz débil.

—Sí —respondió mma Ramotswe—. Si no me equivoco, usted afirma haber perdido tres dedos; pero ¡milagro! Dos de ellos le han vuelto a crecer. ¡Qué maravilla! ¿Acaso ha descubierto algún medicamento que haga crecer los dedos cortados?

—¿Tres? —se extrañó el abogado.

Mma Ramotswe miró a Moretsi.

—Veamos..., primero está la Kalahari Accident, luego... ¿Podría refrescarme la memoria? No sé dónde lo tengo apuntado.

Moretsi miró a su abogado en busca de apoyo, pero no encontró más que ira.

—La Star Insurance —dijo en voz baja.

—¡Eso es! —exclamó mma Ramotswe—. Gracias.

El abogado cogió el informe médico y lo agitó delante de su cliente.

—¿Y pretendía colarme esta... vulgar falsificación? ¿Pensaba que se saldría con la suya?

Moretsi permaneció callado, al igual que mma Ramotswe. No estaba sorprendida, por supuesto que no; esa gente era muy torpe, incluso aunque contaran con un título de abogado.

—Sea como sea —prosiguió Jameson Mopotswane—, se acabaron sus trucos. Tendrá que enfrentarse a una acusación de fraude y ya puede buscarse a alguien que le defienda. Conmigo no cuente, amigo.

Moretsi miró a mma Ramotswe, que le devolvió la mirada.

—¿Por qué lo ha hecho? —le preguntó ella—. ¿Qué le hizo pensar que saldría airoso de esto?

Moretsi sacó un pañuelo de su bolsillo y se sonó.

—Debo cuidar de mis padres —explicó—. Y mi hermana tiene una enfermedad que está matando a mucha gente hoy en día. Tiene hijos y tengo que mantenerlos.

Mma Ramotswe le miró fijamente a los ojos. Siempre había tenido la capacidad de saber si una persona estaba diciendo la verdad o no, y sabía que Moretsi no estaba mintiendo. Pensó a toda prisa. No tenía ningún sentido mandar a ese hombre a la cárcel. ¿Qué conseguirían con eso? Sólo serviría para hacer más daño; a sus padres y a su pobre hermana. Sabía de qué estaba hablando ese hombre y por lo que estaba pasando.

—Está bien —dijo al fin mma Ramotswe—. Ni mi cliente ni yo diremos nada a la policía, pero a cambio tiene que prometerme que no habrá más demandas. ¿Entendido?

Moretsi se apresuró a asentir.

—Es usted una buena cristiana —apuntó—. Seguro que Dios la dejará entrar en el cielo.

—Eso espero —repuso mma Ramotswe—. Pero a veces también soy muy dura, y si vuelve a las andadas, me volveré muy antipática.

—De acuerdo —dijo Moretsi—. De acuerdo.

—Les diré algo —continuó mma Ramotswe, mirando al atento abogado—: algunas personas de este país, algunos hombres, se piensan que las mujeres somos tontas y que pueden hacer con nosotras lo que se les antoja. Pero no conmigo. Por si les interesa les diré que esta tarde, de camino hacia aquí, he matado una cobra, una cobra gigante.

—¿En serio? —Jameson Mopotswane estaba asombrado—. ¿Cómo lo ha hecho?

—La he partido en dos —contestó mma Ramotswe—, en dos partes.

17

El tercer metacarpo

Le había servido de distracción. Era agradable resolver un caso como ése en tan poco tiempo y a la completa satisfacción del cliente, pero no podía dejar de pensar en el hecho de que había un pequeño sobre marrón en su cajón, cuyo contenido no podía ser ignorado.

Lo extrajo disimuladamente, no quería que mma Makutsi lo viera. No es que no confiara en ella, pero éste era el asunto más delicado con que se habían encontrado hasta el momento. Era peligroso.

Abandonó el despacho, diciéndole a mma Makutsi que se iba al banco. Les habían llegado varios cheques, que tenían que ser ingresados. Pero no fue al banco, o al menos no es lo primero que hizo. Se fue en la furgoneta al Hospital Princess Marina, y una vez allí siguió los letreros que decían: PATOLOGÍA.

Una enfermera la detuvo.

—¿Ha venido a identificar un cuerpo, mma?

Mma Ramotswe sacudió la cabeza.

—He venido a ver al doctor Gulubane. No me está esperando, pero me recibirá. Soy su vecina.

La enfermera la miró con recelo, pero le dijo que esperara mientras iba a buscar al doctor. Al cabo de unos minutos volvió y le dijo que el doctor enseguida estaría con ella.

—No debería venir al hospital a molestar a los doctores —comentó con desaprobación—. Están muy ocupados.

Mma Ramotswe miró a la enfermera. ¿Cuántos años tenía? ¿Diecinueve, veinte? En la época de su padre, una niña de diecinueve años no le habría hablado de esa forma a una mujer de treinta y cinco, como si fuera una niña pequeña haciendo una pregunta impertinente. Pero las cosas habían cambiado. Las nuevas generaciones no tenían ningún respeto por las personas mayores y más gordas que ellas. ¿Debía decirle que era detective privada? No, no valía la pena perder el tiempo con alguien así. Lo mejor era ignorarla.

Apareció el doctor Gulubane. Llevaba una bata verde, quién sabe qué desagradable tarea venía de realizar, y parecía bastante contento de que le hubieran interrumpido.

—Vayamos a mi despacho —ofreció—. Allí podremos hablar.

Mma Ramotswe le siguió por un pasillo y entraron en un diminuto despacho decorado sólo con una mesa completamente vacía, un teléfono y un viejo archivador gris. Parecía más bien el despacho de un funcionario público; únicamente los libros de medicina del estante revelaban su auténtica función.

—Como ya sabe —empezó diciendo—, ahora soy detective privada.

El doctor Gulubane la obsequió con una amplia sonrisa. Teniendo en cuenta el tipo de trabajo que tenía, estaba notablemente contento, pensó.

—No conseguirá que hable de mis pacientes —señaló—, aunque estén todos muertos.

Mma Ramotswe se echó a reír.

—No he venido para eso —repuso—. Sólo quiero que examine algo. Lo tengo aquí mismo. —Extrajo el sobre y lo vació sobre la mesa.

Al doctor Gulubane se le borró la sonrisa de la cara y cogió el hueso. Se puso las gafas.

—Tercer metacarpo —murmuró—. Es de un niño de unos ocho o nueve años.

Mma Ramotswe oía sus propios latidos.

—¿Es humano?

—¡Pues claro! —exclamó el doctor Gulubane—. Como ya le he dicho, es de un niño. Un adulto tiene los huesos más grandes. Eso salta a la vista. Es de un niño de aproximadamente ocho o nueve años, puede que un poco más.

El doctor dejó el hueso en la mesa y miró a mma Ramotswe.

—¿De dónde lo ha sacado?

Mma Ramotswe se encogió de hombros.

—Me lo ha enseñado cierta persona. Y usted tampoco conseguirá que yo hable de mis clientes.

El doctor Gulubane puso cara de fastidio.

—Estas cosas no hay que tomárselas a la ligera —apuntó—. La gente ya no tiene respeto por nada.

Mma Ramotswe asintió, estaba de acuerdo con él.

—¿Podría decirme algo más? ¿Podría decirme cuándo… cuándo murió el chico?

El doctor Gulubane abrió un cajón y sacó de él una lupa con la que examinó el hueso más a fondo, girándolo sobre la palma de su mano.

—No hace mucho —contestó—. En esta parte de aquí aún queda un poco de tejido. Aún no se ha desecado del todo. Debe de hacer algunos meses que ha muerto, quizá no muchos, pero es imposible precisarlo.

Mma Ramotswe se estremeció. Una cosa era tocar un hueso y otra, tocar tejido humano.

—Una pregunta —prosiguió el doctor Gulubane—. ¿Cómo sabe que ese niño está muerto? Creía que era usted detective. Tendría que haber pensado: «Esto es una extremidad, la gente puede perder extremidades y seguir con vida». ¿Ha pensado en eso, señora detective? ¡Apuesto cualquier cosa a que no!

Le contó lo sucedido al señor J. L. B. Matekoni en su casa, cenando. Él había aceptado su invitación sin dudarlo, y mma Ramotswe había hecho una cazuela grande de guisado y un plato de arroz con melón. A media comida le habló de su visita al doctor Gulubane. El señor J. L. B. Matekoni se desentendió de la cena.

—¿Un niño? —preguntó consternado.

—Eso es lo que ha dicho el doctor Gulubane. No estaba seguro de la edad, pero dijo que debía de tener entre ocho y nueve años.

El señor J. L. B. Matekoni dio un respingo. Habría sido mucho mejor no haber encontrado nunca la bolsa. Esas cosas pasaban, todo el mundo lo sabía, pero uno prefería no tener nada que ver con ellas. No traían más que problemas, especialmente si Charlie Gotso estaba involucrado.

—¿Y qué hacemos ahora? —preguntó mma Ramotswe.

El señor J. L. B. Matekoni cerró los ojos y tragó con dificultad.

—Podemos ir a la policía —sugirió—, pero, si lo hacemos, Charlie Gotso se enterará de que he encontrado la bolsa y entonces tendré los días contados.

Mma Ramotswe estuvo de acuerdo con él. La policía tenía un interés relativo en investigar crímenes, y un interés nulo en investigar ciertos tipos de crímenes. Implicar en un crimen relacionado con brujería a los hombres más poderosos del país entraba dentro de esta categoría.

—No creo que sea buena idea ir a la policía —opinó mma Ramotswe.

—Entonces, ¿nos olvidamos de esa opción? —El señor J. L. B. Matekoni miró a mma Ramotswe con expresión suplicante.

—Sí, queda descartada —afirmó—. La gente lleva tiempo intentando olvidar ese tipo de cosas, ¿no? Es mejor no recordárselas.

El señor J. L. B. Matekoni apartó la vista. Ya no tenía hambre y el guisado se estaba enfriando en el plato.

—Lo primero que haremos —explicó mma Ramotswe— será ocuparnos de romperle el parabrisas a Charlie Gotso. Luego le llamará y le dirá que unos ladrones han entrado en el taller y le han registrado el coche. Le dirá que no parece que hayan robado nada y que pagará encantado un nuevo parabrisas. Luego espere y veremos.

—¿Qué veremos?

—Veremos si le llama y le dice que le falta algo. Si lo hace, tiene que decirle que, sea lo que sea, se encargará usted mismo de encontrarlo. Le dirá que tiene un contacto, una detective privada, especialista en encontrar objetos robados. Me refiero a mí, claro está.

El señor J. L. B. Matekoni estaba literalmente boquiabierto. No era tan sencillo acceder a Charlie Gotso. Se necesitaba tener contactos para verle.

—¿Y luego?

—Luego voy a devolverle la bolsa y el resto déjemelo a mí. Conseguiré que me diga cómo se llama el hechicero, y después, bueno, ya lo pensaremos cuando llegue el momento.

Mma Ramotswe hacía que el asunto pareciera tan fácil que el señor J. L. B. Matekoni se acabó convenciendo de que funcionaría. Eso era lo extraordinario de la confianza, que era contagiosa. Y entonces le volvió el apetito. Se terminó el guisado, repitió y se bebió una taza grande de té antes de que mma Ramotswe le acompañara hasta el coche y le diera las buenas noches.

Mma Ramotswe permaneció de pie en el camino de la casa y observó las luces del coche hasta que desaparecieron. En plena oscuridad, podía ver las luces de la casa del doctor Gulubane. Tenía las cortinas del salón abiertas y estaba de pie frente a la ventana también abierta, contemplando la noche. El doctor no podía verla, porque ella estaba a oscuras y él con la luz encendida, pero daba la sensación de que la estaba mirando.

18

Una sarta de mentiras

Uno de sus jóvenes mecánicos le dio una palmada en el hombro, dejándole una huella grasienta. Ese chico siempre hacía lo mismo, y al señor J. L. B. Matekoni le molestaba sobremanera.

—Si quiere atraer mi atención —le había dicho en más de una ocasión—, hable conmigo. Tengo un nombre. Soy el señor J. L. B. Matekoni. No se acerque por detrás ni me manche con sus sucios dedos.

El joven se había disculpado, pero al día siguiente le había vuelto a dar un golpecito en el hombro, y el señor J. L. B. Matekoni había acabado dándose cuenta de que aquella era una batalla perdida.

—Ha venido a verle un hombre, rra —anunció el mecánico—. Le está esperando en su despacho.

El señor J. L. B. Matekoni dejó la llave inglesa y se limpió las manos con un trapo. Había estado enfrascado en una delicada operación, poniendo a punto el motor de la señora Grace Mapondwe, conocida por su deportiva forma de conducir. Para el señor J. L. B. Matekoni era una cuestión de orgullo que la gente supiera que el característico rugido del motor de la señora Mapondwe era atribuible a sus propios esfuerzos, en cierto modo era publicidad gratuita. Por desgracia, el coche se había ido deteriorando y cada vez era más difícil conseguir que su perezoso motor emitiera algún sonido.

La visita estaba sentada en el despacho, en la silla del señor J. L. B. Matekoni. Había cogido un catálogo de neumáticos y lo estaba hojeando cuando el señor J. L. B. Matekoni entró en la habitación. Entonces lo dejó con naturalidad y se puso de pie.

El señor J. L. B. Matekoni se fijó rápidamente en el aspecto de ese hombre. Iba vestido de color caqui, como vestiría un soldado, y llevaba puesto un costoso cinturón de piel de serpiente. También llevaba un selecto reloj, con múltiples esferas y un prominente segundero. Era el tipo de reloj que llevan los que creen que los segundos son valiosos, pensó el señor J. L. B. Matekoni.

—Me envía el señor Gotso —anunció—. Le ha llamado usted esta mañana.

El señor J. L. B. Matekoni asintió. Había sido fácil romper el parabrisas y esparcir los trozos de cristal por el coche. Había sido fácil llamar por teléfono a casa del señor Gotso y explicarle que habían intentado robarle; pero esta parte era más difícil, tenía que mentirle a alguien en la cara. «La culpa es de mma Ramotswe —dijo para sí—. Yo no soy más que un pobre mecánico. No quería involucrarme en estos absurdos juegos detectivescos. Soy demasiado débil.»

Siempre lo era con mma Ramotswe. Le pidiera lo que le pidiera, le obedecía. El señor J. L. B. Matekoni tenía incluso una fantasía secreta con la que disfrutaba, no sin sentirse culpable, en la que ayudaba a mma Ramotswe. Estaban juntos en el Kalahari y a ella la amenazaba un león. Él chillaba para atraer la atención del león, y el animal se giraba y le gruñía. Mma Ramotswe aprovechaba esos segundos para huir mientras él mataba al león con un cuchillo de caza; una fantasía bastante inocente, pensaría cualquiera, excepto por un detalle: mma Ramotswe estaba desnuda.

Le hubiera encantado salvarla, desnuda o de cualquier forma, del ataque de un león, pero esto era diferente. Incluso había tenido que dar un parte falso a la policía, cosa que realmente le había asustado, a pesar de que la policía ni siquiera se había molestado en aparecer por ahí para investigar. Supuso que ahora era un criminal, y todo por ser débil. Debería haber dicho que no. Debería haberle dicho a mma Ramotswe que las cruzadas no formaban parte de su trabajo.

—El señor Gotso está muy enfadado —comentó la visita—. Hace diez días que el coche está aquí, y ahora nos llama y nos dice que lo han registrado. ¿Y sus medidas de seguridad? Eso es lo que dice el señor Gotso: ¿qué pasa con sus medidas de seguridad?

El señor J. L. B. Matekoni sintió un chorro de sudor que descendía por su espalda. ¡Qué horror!

—Lo siento muchísimo, rra. El chapista ha tardado mucho en su trabajo y además he tenido que poner una pieza nueva. En estos coches tan caros no se puede poner cualquier cosa...

El emisario del señor Gotso miró su reloj.

—Está bien, está bien. Ya sé que estas cosas van muy lentas. Enséñeme el vehículo.

El señor J. L. B. Matekoni le condujo hacia el taller. El hombre parecía ahora menos temeroso; ¿era verdaderamente tan fácil aplacar la rabia?

Permanecieron de pie frente al coche. El señor J. L. B. Matekoni ya había puesto un nuevo parabrisas, y había reunido los fragmentos del antiguo cristal junto a una pared cercana. Asimismo, había tomado la precaución de dejar unos cuantos trozos en el asiento del conductor.

El hombre abrió la puerta y escudriñó el interior.

—He cambiado el parabrisas sin cargo alguno —comentó el señor J. L. B. Matekoni—. Y les haré un buen descuento en la factura.

El emisario no dijo nada. Se había recostado sobre los asientos y había abierto la guantera. El señor J. L. B. Matekoni le observó en silencio.

El hombre salió del coche y se limpió la mano en los pantalones; se había cortado con un trozo de cristal.

—Falta una cosa en la guantera. ¿Sabe usted algo de eso?

El señor J. L. B. Matekoni sacudió la cabeza, tres veces.

El hombre se llevó la mano a la boca y succionó la sangre del corte.

—El señor Gotso se había olvidado de que había dejado algo en la guantera. Lo recordó al llamarle usted para decirle que le habían abierto el coche. Verá lo contento que se pone cuando se entere de que ha desaparecido.

El señor J. L. B. Matekoni le ofreció un trapo al hombre.

—Lamento que se haya cortado. Cuando se rompe un parabrisas el cristal se mete por todas partes, por todas partes.

El hombre resopló.

—No se trata de mí. Aquí lo que importa es que alguien ha robado algo que le pertenece al señor Gotso.

El señor J. L. B. Matekoni se rascó la cabeza.

—La policía no sirve para nada. Ni siquiera han venido; pero conozco a alguien que puede investigar el asunto.

—¿Ah, sí? ¿Quién?

—Hay una detective privada. Tiene una agencia cerca de aquí, junto a Kgale Hill. ¿La ha visto?

—No lo sé, tal vez sí.

El señor J. L. B. Matekoni sonrió.

—¡Es una mujer increíble! Se entera de todo lo que ocurre. Si se lo pido, encontrará a la persona que hizo esto. Incluso puede que logre recuperar lo que han robado. Por cierto, ¿qué era?

—Era un objeto pequeño y era del señor Gotso.

—Entiendo.

El hombre apartó el trapo de la herida y lo tiró al suelo.

—Hable con esa mujer —ordenó malhumorado—. Y dígale que encuentre lo que le han robado al señor Gotso.

—Así lo haré —repuso el señor J. L. B. Matekoni—. Hablaré con ella esta misma noche. Estoy seguro de que lo conseguirá; mientras tanto, pueden venir a recoger el coche del señor Gotso cuando lo deseen, ya está listo. Sólo me queda acabar de sacar los fragmentos de cristal.

—Sí, será mejor que los saque —apuntó la visita—. Al señor Gotso no le hará ninguna gracia cortarse la mano.

«"¡Al señor Gotso no le hará ninguna gracia cortarse la mano!" Pero ¡si no es usted más que un niño! —pensó el señor J. L. B. Matekoni—. Un niño cruel. ¡Conozco perfectamente a los tipos de su calaña! Le recuerdo a usted, o a alguien muy parecido a usted, en el patio del Mochudi Government School, fastidiando a los demás niños, rompiendo cosas, haciéndose el duro. ¡Hasta cuando el profesor le pegaba, usted se esforzaba por contener las lágrimas!»

Y este señor Gotso, con su costoso coche y sus maneras siniestras, también es un niño. Es como un niño pequeño.

Estaba decidido a que mma Ramotswe no se saliera con la suya. Al parecer, ella daba por sentado que él haría cualquier cosa que le pidiera y muy pocas veces le preguntaba si quería tomar parte en sus planes. Claro está que, además, él había sido demasiado sumiso; en realidad, ése era el problema, que ella pensaba que podía hacer lo que le diera la gana porque él nunca se enfrentaba a ella. Pues bien, esta vez lo haría. Pondría fin a tanta tontería detectivesca.

Abandonó el taller, aún enfadado y concentrado buscando en su mente las palabras que le diría al llegar a la agencia.

—Mma Ramotswe, usted me ha obligado a mentir. Me ha metido en un asunto absurdo y peligroso que no es de nuestra incumbencia. Yo soy mecánico. Arreglo coches, no vidas.

La última frase le impresionó por su fuerza. Sí, ésa era la diferencia entre ellos. Ella arreglaba vidas, como tantas otras mujeres, mientras que él arreglaba máquinas. Le diría esto, y ella no tendría más remedio que aceptarlo. No quería estropear su amistad, pero no podía seguir con esa situación ni con tantas mentiras. Él nunca había mentido, nunca, por muy grande que hubiera sido la tentación, y ahora, en cambio, ¡estaba metido en un gran lío que involucraba a la policía y a uno de los hombres más influyentes de Botsuana!

Se la encontró en la puerta de la Primera Agencia Femenina de Detectives. Estaba tirando el poso de té de la tetera en el jardín cuando él apareció en su camioneta.

—¿Y? —preguntó mma Ramotswe—. ¿Ha salido todo según lo previsto?

—Mma Ramotswe, lo cierto es que…

—¿Ha venido él en persona o ha mandado a uno de sus hombres?

—Ha mandado a uno de sus hombres; pero, mire, usted arregla vidas y yo sólo soy…

—¿Y le ha dicho que puedo recuperar el objeto? ¿Le ha visto interesado?

—Yo arreglo máquinas. No puedo…, verá, yo nunca he mentido. No he mentido en mi vida, ni siquiera de pequeño. Cuando lo intentaba, se me quedaba la lengua rígida y no podía hablar.

Mma Ramotswe volcó la tetera una vez más.

—Pues esta vez lo ha hecho muy bien. Mentir no es tan malo si es por una buena causa. ¿Y no es una buena causa averiguar quién mató a un niño inocente? ¿Acaso es peor una mentira que un asesinato, señor J. L. B. Matekoni? ¿Eso cree?

—No, es peor un asesinato. Pero…

—¡Pues entonces! ¿A que no se le había ocurrido verlo de esta manera? No se preocupe, hombre.

Le miró y le sonrió, y él pensó: «Soy afortunado. Me está sonriendo. Estoy solo en este mundo y aquí hay alguien que me aprecia y me sonríe. Y tiene razón en lo del asesinato. Es mucho peor que una mentira».

—Entre y tómese un té conmigo —le ofreció mma Ramotswe—. Mma Makutsi ha calentado agua y podemos tomar un té mientras pensamos cuál es el siguiente paso que debemos dar.

19

El señor Charlie Gotso, licenciado en Filosofía y Letras

El señor Gotso miró a mma Ramotswe. Sentía respeto por las mujeres gordas, y lo cierto es que se había casado con una hacía cinco años. Pero había resultado ser una metementodo y una pesada y, finalmente, la había enviado a vivir al sur, a una granja cercana a Lobatsi, sin teléfono y junto a una carretera que se volvía intransitable cuando llovía. Se había quejado, de manera insistente y a voz en grito, de tener que compartirlo con otras mujeres, pero ¿qué esperaba? ¿Pensaba realmente que él, Charlie Gotso, iba a resignarse con una sola mujer, como cualquier funcionario del Gobierno? ¿Con todo el dinero y el poder que tenía? ¿Y con una licenciatura en Filosofía y Letras? Ése era el problema de casarse con una mujer inculta que no entendía los círculos en los que él se movía. Él había estado en Nairobi y en Lusaka. Sabía cómo pensaba la gente en sitios como ésos. Una mujer inteligente, una mujer licenciada en Filosofía y Letras, habría estado a la altura de las circunstancias; aunque, por otra parte, esa mujer gorda, que ahora estaba en Lobatsi, era la misma que le había dado ya cinco hijos, cosa que había que tener en cuenta. ¡Se conformaría con que dejara de quejarse!

—¿Es usted la mujer de la que me habló Matekoni?

A mma Ramotswe no le gustó su voz. Era áspera como el papel

de lija y no vocalizaba al hablar, como si hacerse entender fuera demasiado pedir. Ella intuyó que era porque se sentía superior; con lo poderoso que era, ¿por qué iba a esforzarse en comunicarse debidamente con los que eran inferiores a él? Lo importante era que entendieran lo que a él le interesaba que entendieran.

—El señor J. L. B. Matekoni me pidió que le ayudara, rra. Soy detective privada.

El señor Gotso la miró con fijeza, una ligera sonrisa asomó a sus labios.

—Ya sé dónde trabaja. Vi el letrero al pasar con el coche por delante. Es una agencia de detectives para mujeres o algo así.

—No es únicamente para mujeres, rra —repuso mma Ramotswe—. Somos mujeres detectives, pero también trabajamos para los hombres. El señor Patel, sin ir más lejos, ha utilizado nuestros servicios.

El señor Gotso sonrió abiertamente.

—¿Me está diciendo usted que pueden proporcionar información a los hombres?

Mma Ramotswe contestó con tranquilidad:

—A veces, sí. Depende. En ocasiones los hombres son demasiado orgullosos para escuchar. En esos casos no se les puede decir nada.

El señor Gotso entornó los ojos. El comentario era ambiguo. Mma Ramotswe podía estar sugiriendo que él era orgulloso o que otros hombres lo eran. Porque había otros, por supuesto…

—En fin —dijo el señor Gotso—, ya sabe que me han robado algo del coche. Matekoni dice que usted puede averiguar quién ha sido y conseguir recuperarlo.

Mma Ramotswe asintió con la cabeza.

—Ya lo he hecho —repuso ella—. Ya sé quién registró su coche. Fueron unos niños, un par de niños.

El señor Gotso arqueó una ceja.

—¿Cómo se llaman? Dígame quiénes son.

—No puedo —contestó mma Ramotswe.

—Quiero dar con ellos. Tiene que decirme cómo se llaman.

Mma Ramotswe alzó la vista y su mirada y la del señor Gotso se encontraron. Los dos permanecieron callados un instante. Luego ella habló:

—Les prometí que no le diría a nadie quiénes eran, si me devolvían lo que habían robado. Les di mi palabra.

Mientras hablaba echó un vistazo al despacho del señor Gotso. Estaba justo detrás del Mall, en una deslucida callejuela, y tenía un enorme letrero azul en el exterior, en el que ponía: GOTSO HOLDING ENTERPRISES. En su interior, el despacho estaba decorado con sencillez, y de no ser por las fotografías de la pared, difícilmente podía uno adivinar que estaba en la oficina de un hombre poderoso. Pero las fotos hablaban por sí solas: el señor Gotso con Moeshoeshoe, rey de los basoto; el señor Gotso con Hastings Banda; el señor Gotso con Sobhuza II. La influencia de este hombre traspasaba las fronteras.

—¿Ha hecho una promesa en mi nombre?

—Sí, así es. Era la única manera de recuperar el objeto.

El señor Gotso pareció reflexionar unos instantes; mma Ramotswe observó una de las fotografías más de cerca. En ella el señor Gotso entregaba un cheque para alguna buena causa y todos sonreían; «Generoso cheque entregado con fines benéficos», rezaba el titular del recorte de periódico que había debajo.

—Está bien —replicó él—. Supongo que no tenía otra opción. Y dígame, ¿dónde está?

Mma Ramotswe metió una mano en el bolso y sacó de él la pequeña bolsa de piel.

—Esto es lo que me dieron.

La puso sobre la mesa y el señor Gotso alargó un brazo y la cogió.

—Evidentemente, no es mío. Pertenece a uno de mis hombres. Lo estaba buscando para dárselo. No tengo ni idea de lo que hay dentro.

—Es *muti*, rra. Son remedios de un hechicero.

La mirada del señor Gotso era acerada.

—¿Ah, sí? ¿Algún amuleto para los supersticiosos?

Mma Ramotswe sacudió la cabeza.

—No creo que se trate de eso. Creo que el contenido es poderoso y que debió de ser bastante caro.

—¿Poderoso? —mma Ramotswe se dio cuenta de que, al hablar, la cabeza del señor Gotso permanecía completamente inmóvil. Sólo movía los labios mientras las palabras emergían, inacabadas.

—Sí. Lo que hay en esa bolsa es muy bueno. Me gustaría conseguir algo así para mí, pero no sé dónde encontrarlo.

El señor Gotso rompió su estatismo y miró de arriba abajo a mma Ramotswe.

—Tal vez yo pueda ayudarla, mma.

Mma Ramotswe pensó con rapidez y después respondió:

—Se lo agradecería enormemente. Así yo podría devolverle el favor de otra manera.

El señor Gotso había extraído un cigarrillo de una pequeña caja de su mesa y ahora lo estaba encendiendo. De nuevo la cabeza permanecía quieta.

—¿Cómo podría ayudarme, mma? ¿Es que me ve desesperado?

—En absoluto. Me han dicho que tiene usted muy buenas amigas. No necesita ninguna más.

—Eso me corresponde a mí decidirlo.

—No, creo que lo que a usted le gusta es la información. La necesita para conservar su poder. Por eso necesita *muti*, ¿me equivoco?

El señor Gotso separó el cigarrillo de sus labios y lo apoyó en un gran cenicero de cristal.

—No debería decir ese tipo de cosas a la ligera —la reprendió. Ahora articulaba bien las palabras; cuando quería vocalizaba a la perfección—. La gente que acusa a otros de brujería puede lamentarlo, lamentarlo de verdad.

—Pero si no le estoy acusando de nada. Yo misma le he confesado haber recurrido a ella, ¿o no? Me refería a que usted es un hombre que necesita estar informado de lo que ocurre en la ciudad. Es fácil que se le escapen cosas, si tiene los oídos llenos de cera.

El señor Gotso volvió a coger el cigarrillo y dio una calada.

—¿Puede contarme cosas?

Mma Ramotswe asintió.

—Debido a mi trabajo me entero de cosas muy interesantes. Por ejemplo, le puedo pasar información del hombre que está intentando abrir una tienda al lado de la que tiene usted en el Mall. ¿Le conoce? ¿Le gustaría saber a qué se dedicaba antes de venir a Gaborone? No creo que a él le hiciera gracia que se divulgara.

El señor Gotso se sacó un trozo de tabaco de los dientes.

—Es usted una mujer muy interesante, mma Ramotswe. Y creo que ya veo por dónde va. Le daré el nombre del hechicero, si me proporciona esta información tan útil. ¿Qué le parece?

Mma Ramotswe chascó la lengua en señal de aprobación.

—Me parece estupendo. Hablaré con él personalmente para informarme aún mejor. Y si me entero de cualquier otra cosa, se lo comunicaré encantada.

—Es usted una buena persona —afirmó el señor Gotso, cogiendo un pequeño bloc—. Le dibujaré un pequeño plano. El hombre en cuestión vive en la sabana, no muy lejos de Molepolole. No es fácil encontrar el sitio, pero el plano le indicará exactamente adónde tiene que ir. Por cierto, debo advertirle de que no es barato. Pero si le dice que es amiga de Charlie Gotso, le hará un descuento del veinte por ciento, que no está nada mal, ¿no?

20

Asuntos médicos

Ya disponía de la información. Disponía de un mapa para encontrar
a un asesino y lo encontraría. Pero a la vez había que dirigir la agencia, y era preciso ocuparse de los casos que tenía entre manos, incluido uno en el que estaban involucrados un médico de un tipo muy diferente y un hospital.

Mma Ramotswe no soportaba los hospitales; detestaba su olor; la
mera visión de los pacientes sentados en los bancos al sol, sufriendo en
silencio, le daba escalofríos; los pijamas rosas que llevaban durante el
día los ingresados por tuberculosis, le deprimían. Para ella los hospitales eran un *memento mori* de ladrillos y argamasa; atroz recordatorio
del inevitable final que nos esperaba a todos, pero que ella creía que era
mejor ignorar mientras estuviera enfrascada en el ajetreo cotidiano.

Los médicos eran harina de otro costal y a mma Ramotswe siempre la habían impresionado. Admiraba, especialmente, su sentido de
la confidencialidad; le daba seguridad el hecho de poder contarle
algo a un médico y saber que, como los curas, llevaría ese secreto consigo hasta la tumba. No podía decirse lo mismo de los abogados, que
en general eran unos arrogantes, siempre dispuestos a contar alguna
historia a expensas del cliente; aunque, pensándolo bien, algunos
contables mostraban la misma indiscreción que ellos a la hora de discutir cuánto dinero ganaba quién. En cambio, por lo que respectaba
a los médicos, ya podía uno hacer lo imposible por sonsacarles información, que sus labios permanecían sellados.

«Así es como tiene que ser —dijo para sí mma Ramotswe—. A mí no me gustaría que nadie supiera lo de...» ¿De qué tenía que avergonzarse? Se puso a pensar. Su peso difícilmente podía ocultarlo y, de todas maneras, estaba orgullosa de tener la típica constitución de mujer africana, no como esos horribles palillos andantes que se veían en los anuncios. Luego estaban sus callos, que, en fin, quedaban más o menos a la vista de todos cuando llevaba sandalias. La verdad es que no creía que tuviera que esconder nada.

El tema del estreñimiento ya era otra historia. Sería una catástrofe que el mundo entero estuviera al corriente de problemas de tal naturaleza. Le daba mucha pena la gente que padecía estreñimiento y sabía que no eran pocos los que lo sufrían. Probablemente los suficientes para formar un partido político, quizá hasta con posibilidades de gobernar, pero ¿qué haría un partido como ése en el poder? Nada, pensó. Intentaría que se aprobaran leyes, pero fracasaría.

Dejó sus fantasías para volver a concentrarse en lo que tenía entre manos. Su viejo amigo, el doctor Maketsi, la había llamado desde el hospital para preguntarle si esa noche, de camino a casa, podía pasar por la agencia para verla. No se lo pensó dos veces; el doctor Maketsi y ella eran de Mochudi, y aunque él tenía diez años más, mma Ramotswe se sentía muy unida a él. De modo que canceló su hora para trenzarse el pelo y se quedó en el despacho, poniendo al día el aburrido papeleo hasta que reconoció la voz del doctor Maketsi: «¡Hola! ¡Hola!», al entrar en la agencia.

Estuvieron un rato charlando sobre sus familias, bebiendo té y comentando cómo había cambiado Mochudi desde que eran pequeños. Mma Ramotswe le preguntó por su tía, una profesora jubilada a la que media ciudad seguía recurriendo en busca de consejo. El doctor Maketsi le contó que seguía interesada en el acontecer diario, y que la estaban presionando para que se presentase a las elecciones del Parlamento, lo que probablemente haría pronto.

—Se necesitan más mujeres en los cargos públicos —afirmó el doctor Maketsi—. Son muy prácticas, las mujeres. No como nosotros.

Mma Ramotswe estaba totalmente de acuerdo con él:

—Si hubiera más mujeres en el poder, no habría guerras —comentó—. A las mujeres no nos interesa tanta lucha. Vemos la guerra como lo que es, un montón de cadáveres y madres llorando.

El doctor Maketsi se puso a pensar. Pensó en la señora Ghandi, que vivió una guerra, al igual que Golda Meir, y también estaba...

—Casi siempre —concedió—, las mujeres son pacíficas casi siempre, pero cuando es necesario pueden ser muy duras.

El doctor Maketsi tenía ganas de cambiar de tema, ya que se temía que la siguiente pregunta de mma Ramotswe fuera si sabía cocinar, y no quería que se repitiera la conversación que había tenido con una joven que acababa de pasar un año en Estados Unidos. La joven en cuestión, como si la diferencia de edad no tuviera ninguna importancia, le había dicho desafiante: «Si come, debería cocinar. Es así de sencillo». Todas esas ideas venían de Estados Unidos, y puede que fueran muy bonitas en la teoría, pero ¿acaso habían hecho a los estadounidenses más felices? Estaba claro que había que poner límites a tanto progreso, a tantos cambios inquietantes. Recientemente había oído hablar de hombres que eran obligados por sus mujeres a cambiarles los pañales a sus bebés. Sólo de pensarlo le daban escalofríos; consideraba que África no estaba preparada para eso. Había aspectos del sistema africano tradicional que eran muy acertados y cómodos, siempre que se fuera hombre, y el doctor Maketsi, sin duda, lo era.

—Dejemos tanto debate —propuso jovialmente—. Tengamos los pies en la tierra. —Su madre decía esta frase a menudo, y a pesar de estar en desacuerdo con casi todo lo que ella decía, se encontraba a sí mismo repitiendo sus palabras con demasiada frecuencia.

Mma Ramotswe se echó a reír.

—¿Por qué ha venido a verme? —le preguntó—. ¿No querrá que le encuentre una nueva mujer?

El doctor Maketsi chascó la lengua en señal de desaprobación burlona.

—He venido porque tengo un problema serio —anunció—. No tiene nada que ver con un asunto de faldas.

Mma Ramotswe escuchó mientras el doctor le hablaba de lo delicado que era su problema, y ella le tranquilizó diciéndole que, al igual que él, creía en la confidencialidad.

—Ni siquiera mi secretaria se enterará de lo que me cuente —le aseguró.

—Eso espero —dijo el doctor Maketsi—, porque si no estoy en lo cierto y alguien llega a enterarse, el bochorno será tremendo, para mí y para el hospital entero. No quiero que el ministro venga a buscarme.

—Entendido —comentó mma Ramotswe.

Le picaba la curiosidad, estaba ansiosa por oír eso tan intrigante que preocupaba a su amigo. En los últimos tiempos la habían agobiado con casos bastante mundanos, incluido uno muy lamentable en el que había tenido que perseguir al perro de un millonario. ¡A un perro! La única mujer detective del país no debería rebajarse a tales extremos, y lo cierto es que no lo habría hecho de no haber necesitado el dinero. El motor de la pequeña furgoneta blanca había empezado a traquetear de manera ominosa, y el señor J. L. B. Matekoni, al que había llamado para que lo examinara, le había anunciado suavemente que la reparación sería muy cara. El perro resultó ser terrible y maloliente; cuando al fin dio con el animal, al que los gamberros que lo habían robado estaban arrastrando con una cuerda, éste recompensó a su liberadora con un mordisco en el tobillo.

—Estoy preocupado por uno de nuestros médicos más jóvenes —comentó el doctor Maketsi—. Se llama Komoti. Es nigeriano.

—Continúe.

—Hay gente que desconfía de los nigerianos —prosiguió el doctor Maketsi.

—Sí, hay gente así —repuso mma Ramotswe, llamando la atención del doctor y desviando enseguida la vista, casi sintiéndose culpable.

El doctor Maketsi apuró su té y volvió a dejar la taza encima de la mesa.

—Le hablaré de nuestro doctor Komoti —dijo—. Empezaré por el día en que vino a hacer la entrevista. Esa tarea me correspondía a mí, pero debo reconocer que la hice por mera cortesía. En aquel momento el personal escaseaba y necesitábamos a alguien que pudiera echarnos una mano en urgencias. La verdad, no podemos permitirnos ser demasiado exigentes. La cuestión es que su currículum no estaba nada mal y había traído consigo bastantes referencias. Había estado unos cuantos años trabajando en un hospital de Nairobi, por lo que llamé y allí me confirmaron que no había ningún problema con él. Así que le contraté.

»Empezó hará unos seis meses. Estaba bastante atareado en urgencias. Supongo que ya sabrá lo que es aquello. Accidentes de coche, peleas, lo típico de los viernes por la noche. Naturalmente, hay que parar muchas hemorragias, hacer muchas limpiezas y alguna que otra reanimación, lo típico.

»Todo parecía ir sobre ruedas, pero cuando el doctor Komoti llevaba ya tres meses con nosotros, uno de los jefes de urgencias quiso hablar conmigo. Me dijo que el nuevo médico era un poco brusco y que algunas de las cosas que hacía resultaban un tanto sorprendentes. Por ejemplo, había cosido mal bastantes heridas y los puntos habían tenido que volver a darse.

»Pero otras veces lo hacía muy bien. Sin ir más lejos, hace un par de semanas ingresó una mujer con un neumotórax hiperbárico. Es una enfermedad bastante grave. El aire se introduce en el espacio que rodea los pulmones y hace que el pulmón se encoja, como un globo desinflado. Si eso ocurre, hay que sacar el aire de dentro lo más rápido posible para que el pulmón pueda dilatarse de nuevo.

»No es tarea fácil para un médico inexperto. Hay que saber dónde hacer el drenaje. Si se hace mal, puede perforarse el corazón o producirse todo tipo de lesiones. Si no se hace con rapidez, el paciente puede morirse. Yo estuve a punto de perder a uno por este motivo hace algunos años. Me dio un susto tremendo.

»El doctor Komoti actuó con bastante destreza y logró salvarle la vida a esa mujer. El médico jefe apareció al final de la operación para acabarla. Luego me comentó lo impresionado que estaba; eso es lo extraño, que estamos hablando del mismo médico que el día anterior no había sabido diagnosticar un caso obvio de bazo inflamado.

—¿Es inconstante? —preguntó mma Ramotswe.

—Exacto —respondió el doctor Maketsi—. Un día lo hace bien y al día siguiente está a punto de matar a algún pobre paciente.

Mma Ramotswe reflexionó unos instantes, recordando una noticia de *The Star*.

—El otro día salió una noticia sobre un hombre que se hacía pasar por cirujano en Johannesburgo —explicó—. Ejerció durante casi diez años sin que nadie se enterara de que no estaba capacitado para hacerlo. De repente, por casualidad, alguien notó algo raro y le descubrieron.

—¡Asombroso! —exclamó el doctor Maketsi—. Casos así sólo aparecen de vez en cuando. Son tipos que normalmente mantienen su farsa durante mucho tiempo, en ocasiones durante años.

—¿Ha comprobado su historial? —le preguntó mma Ramotswe—. Hoy en día es bastante fácil falsificar documentos utilizando fotocopiadoras e impresoras láser; está al alcance de cualquiera. Quizá ni siquiera sea médico. Podría ser un simple vigilante o algo por el estilo.

El doctor Maketsi movió la cabeza en señal de negación.

—Lo hemos revisado todo —comentó—. No sin dificultades, se lo aseguro, nos hemos puesto en contacto con la Facultad de Medicina de Nigeria, así como con el Consejo General de Médicos británico, donde pasó dos años como archivero. Incluso hemos conseguido una fotografía de Nairobi y se trata de la misma persona. Estoy casi completamente seguro de que ese hombre es quien dice ser.

—¿Y no podría ponerle a prueba? —preguntó mma Ramotswe—. ¿Intentar averiguar cuánto sabe de medicina haciéndole un par de preguntas capciosas?

El doctor Maketsi sonrió.

—Ya lo he hecho. He hablado con él con ocasión de dos casos difíciles. La primera vez salió bastante airoso, respondió bien. Sabía perfectamente de qué estaba hablando. Pero la segunda vez se mostró evasivo. Me dijo que quería pensar la respuesta. Como eso no me hizo ninguna gracia, le comenté algo relacionado con el caso que habíamos discutido la vez anterior. Lo pillé desprevenido y se limitó a mascullar algo sin sentido. Era como si se hubiese olvidado de lo que me había dicho tres días antes.

Mma Ramotswe levantó la cabeza y miró al techo. Sabía lo que era la falta de memoria. Su pobre papaíto se había vuelto olvidadizo hacia el final de su vida y a veces apenas la había reconocido. Algo comprensible en los ancianos, pero no en un médico joven. A menos que estuviera enfermo, claro está, en cuyo caso podría haber sufrido algún problema de memoria.

—No tiene ningún problema mental —aseguró el doctor Maketsi como si le hubiera leído el pensamiento—. Por lo que sé, eso es todo. No es un caso de demencia senil anticipada ni nada parecido. Me temo que puedan ser drogas. Es posible que consuma drogas y que esté medio ido la mitad del tiempo que atiende a los pacientes.

El doctor Maketsi hizo una pausa. Tras soltar el comentario, se reclinó, como si el alcance de lo que acababa de decir le hubiera sumido en el silencio. Lo que ocurría era tan grave como si hubiera contratado a un médico sin licencia para ejercer. Si el ministro se enteraba de que en el hospital había un médico que atendía a los pacientes estando drogado, posiblemente empezaría a cuestionarse el rigor de la vigilancia del centro.

Ya se imaginaba la conversación: «Veamos, doctor Maketsi. Viendo el comportamiento de ese hombre, ¿cómo es posible que no pudiera deducir que estaba bajo el efecto de las drogas? Son precisamente ustedes quienes deberían detectar ese tipo de cosas. Si en la calle hasta yo me doy perfecta cuenta de que alguien ha estado fumando maría, no digamos lo obvio que tendría que serle a usted. Creía que eran ustedes más perceptivos...»

—Entiendo su preocupación —le consoló mma Ramotswe—. Pero no estoy segura de poder ayudarle. No estoy familiarizada con el mundo de las drogas. De esos temas se ocupa la policía.

El doctor Maketsi rechazó esa opción:

—No quiero ni oír hablar de la policía —dijo—. Son unos bocazas. Si recurriera a ellos para que investigaran el asunto, lo enfocarían como un puro caso de drogadicción. Irrumpirían en su casa para registrarla y luego alguien se iría de la lengua. En un abrir y cerrar de ojos toda la ciudad se enteraría de que el hombre era un drogadicto. —Hizo un alto, quería que mma Ramotswe comprendiera bien la sutileza de su dilema—. Pero ¿y si resulta que no lo es? ¿Y si me equivoco? Entonces le habría arruinado su reputación sin motivo alguno. Puede que en ocasiones sea un incompetente, pero ésa no es razón para destrozarle.

—Pero si averiguáramos que efectivamente consume drogas

—intervino mma Ramotswe—, lo que aún no sé cómo haríamos, ¿qué pasaría entonces? ¿Le despediría?

El doctor Maketsi sacudió la cabeza enérgicamente.

—Nosotros tratamos la drogadicción de otra manera. Da igual si su comportamiento ha sido o no el adecuado. Habría que enfocarlo como un problema médico e intentar ayudarle. Intentaría que se curase.

—¡Pero si es imposible curar a esa gente! —mma Ramotswe se mostró escéptica—. Una cosa es fumar maría y otra muy distinta tomar pastillas y otras sustancias. Déme el nombre de un drogadicto rehabilitado. Sólo uno. No digo que no haya, pero yo no conozco a ninguno.

El doctor Maketsi se encogió de hombros.

—Sé que pueden ser muy manipuladores —repuso—, pero algunos consiguen desengancharse. Puedo enseñarle estadísticas.

—Está bien, tal vez tenga razón —concedió mma Ramotswe—. La cuestión es: ¿qué quiere que haga yo?

—Investíguele —respondió el doctor Maketsi—. Sígale durante unos días. Averigüe si está metido en el mundo de las drogas. De ser así, averigüe de paso si suministra drogas a otras personas. Porque eso supondría un problema añadido. En el hospital las drogas están estrictamente controladas, pero podría ser que alguna desapareciera, y lo último que queremos es tener un médico que se dedique a repartir el suministro hospitalario de estupefacientes entre los adictos. Eso sí que no.

—En ese caso, ¿le echaría? —insistió mma Ramotswe—. ¿No intentaría ayudarle?

El doctor Maketsi se rió.

—Le echaría con todas las de la ley.

—Con todas las de la ley —repitió mma Ramotswe—. Bien, habría que hablar de mis honorarios.

El doctor Maketsi parecía turbado.

—Eso es lo que me preocupa. Es un caso tan delicado que no puedo pedirle al hospital que cubra los gastos.

Mma Ramotswe asintió, era consciente de ello.

—Usted había pensado que lo hiciera por amistad…

—Sí —afirmó el doctor Maketsi en voz baja—. Pensé que, como amiga mía que es, se acordaría de lo enfermo que estuvo su padre en su última etapa y...

Mma Ramotswe se acordaba. El doctor Maketsi les había ido a ver a su casa cada noche durante tres semanas y, ya al final, le consiguió a su papaíto una habitación individual en el hospital, completamente gratis.

—Me acuerdo perfectamente —repuso ella—. Quería hablar de mis honorarios sólo para decirle que no hará falta que me pague nada.

Disponía de toda la información necesaria para empezar a investigar al doctor Komoti. Tenía su dirección de Kaunda Way, una fotografía suya que le había dado el doctor Maketsi y llevaba anotado el número de matrícula de su coche verde. Asimismo el doctor Maketsi le había dado su número de teléfono y el de su buzón en Correos, aunque le costaba imaginarse para qué podría necesitarlos. Ahora todo lo que tenía que hacer era empezar a seguir al doctor Komoti para obtener la máxima información posible en el mínimo plazo de tiempo.

El doctor Maketsi había tenido la prudente previsión de darle una copia de los turnos de urgencias durante los siguientes cuatro meses, lo que significaba que mma Ramotswe sabría exactamente a qué hora el doctor Komoti abandonaría el hospital para volver a casa y qué días tendría guardias nocturnas. Así se ahorraría pasar mucho tiempo en la calle, esperando sentada en la furgoneta blanca.

Empezó la investigación al cabo de dos días. Aquella tarde vio salir al doctor Komoti en coche del aparcamiento reservado al personal del hospital y le siguió discretamente hasta el centro de la ciudad, aparcando a varios coches de distancia del suyo y esperando a que se hubiera alejado a pie para bajar de la furgoneta. El doctor Komoti entró en un par de tiendas y compró el periódico en el Book Centre. Luego volvió a su coche, condujo hasta su casa y se quedó allí (supuso que sin hacer nada extraño) hasta que poco antes de las diez de la noche se apagaron las luces. Resultaba muy aburrido permanecer sentada en la furgoneta, pero mma Ramotswe ya estaba acostumbrada a ello, y cuando aceptaba un caso nunca se quejaba. Sería capaz de quedarse un mes entero sentada, o más incluso, si el doctor Maketsi se lo pidiera; era lo mínimo que podía hacer después de todo lo que él había hecho por su papaíto.

Ni aquella noche ni la noche siguiente sucedió nada. Mma Ramotswe ya empezaba a dudar de que se produjera alguna alteración en la rutinaria vida del doctor Komoti cuando de repente las cosas cambiaron. Era viernes por la tarde y mma Ramotswe estaba esperando al doctor Komoti a la salida del trabajo. Se había retrasado, pero finalmente salió por la puerta de urgencias, con un estetoscopio metido en el bolsillo de su abrigo blanco, y subió a su coche.

Mma Ramotswe abandonó después de él el recinto hospitalario, encantada de que el doctor no advirtiera su presencia. Sospechó que tal vez se dirigiría al Book Centre para comprar el periódico, pero en lugar de ir hacia el centro de la ciudad, fue en dirección opuesta. Mma Ramotswe se alegró de que por fin sucediera algo y se esmeró en no perderle de vista mientras se abrían paso entre el tráfico. Había más tránsito del habitual porque era viernes y estaban a fines de mes, lo que significaba que era día de cobro. Aquella noche habría más accidentes de tráfico que normalmente, y quienquiera que hubiera relevado al doctor Komoti en urgencias estaría más que atareado atendiendo a los que llegaran borrachos y extrayéndoles, fruto de los accidentes, fragmentos de cristal proveniente de los parabrisas.

A mma Ramotswe le sorprendió que el doctor Komoti fuera en dirección a la carretera de Lobatsi. Resultaba extraño. Si traficaba con drogas, tener Lobatsi como centro de operaciones era una buena idea. Estaba lo bastante cerca de la frontera, por lo que podía estar pasando mercancía a Suráfrica, o comprándola allí. Fuera lo que fuera, eso le convertía en un sujeto mucho más interesante.

Se dirigieron al sur, la pequeña furgoneta esforzándose para no perder de vista el coche del doctor Komoti, que era más potente. A mma Ramotswe no le preocupaba que la viera; la circulación era densa y no había razón alguna por la que el doctor tuviera que fijarse en su furgoneta. Naturalmente, una vez que llegaran a Lobatsi debería ser más cauta porque allí había menos tráfico y podría darse cuenta de que le estaban siguiendo.

Cuando vio que no paraban en Lobatsi, mma Ramotswe empezó a inquietarse. Si el doctor Komoti atravesaba la ciudad, tal vez fuera con la intención de ir a algún pueblo de las afueras; pero eso no era muy probable porque al otro lado de ésta no había mucho que ver, o al menos no mucho que pudiera interesar a alguien como el doctor Komoti. Aparte de eso, la única otra opción que quedaba era la frontera, que estaba a pocos kilómetros de distancia. ¡Claro! Seguro que el doctor Komoti pretendía cruzar la frontera. Seguro que iba a Mafikeng.

Al darse cuenta de que el doctor Komoti pretendía salir del país, mma Ramotswe se enfadó consigo misma por ser tan estúpida. No llevaba el pasaporte encima; el doctor Komoti cruzaría la frontera y ella tendría que quedarse en Botsuana. Y en cuanto la hubiera cruzado, hiciera lo que hiciera, porque seguro que haría lo que le diera la gana, ella no podría enterarse.

Le vio detenerse en la aduana y luego mma Ramotswe dio media vuelta, como haría un cazador que tras perseguir a su presa hasta donde acaba su coto tiene que volverse por donde ha venido. El doctor Komoti estaría fuera el fin de semana, y mma Ramotswe sabía tan poco de lo que el hombre hacía con su tiempo libre como, así lo había demostrado, de predecir el futuro. La próxima semana tendría que retomar la tediosa tarea de observar su domicilio por las noches, sintiéndose frustrada porque sabría que el verdadero error lo había cometido el fin de semana anterior. Y mientras se dedicara a eso, tendría que dejar otros casos para más adelante, casos que suponían ingresos y cubrían las facturas del mecánico.

Mma Ramotswe llegó a Gaborone de muy malhumor. Se acostó temprano, pero al día siguiente, de camino hacia el Mall, seguía de malhumor. Casi todos los sábados por la mañana quedaba con su amiga Grace Gakatsla en la terraza del President Hotel para tomar un café. Grace, que tenía una tienda de ropa en Broadhurst, solía animarla contándole extravagancias de sus clientas. Una de ellas, la mujer de un ministro del Gobierno, había comprado recientemente un vestido un viernes y lo había devuelto el lunes siguiente, diciendo que no le acababa de convencer. Pero Grace había asistido ese sábado a la misma boda que ella y la había visto con el vestido puesto, que le sentaba de maravilla.

—Evidentemente, no podía decirle a la cara que era una menti-
rosa y que en mi tienda no se alquilaban vestidos —explicó Grace—,
de modo que le pregunté si se lo había pasado bien en la boda. Sonrió y me dijo que sí. Entonces yo le comenté que también me lo había
pasado muy bien. Estaba claro que no me había visto. Dejó de sonreír
y me dijo que le daría otra oportunidad al vestido.

—Esa tía es una cerda —comentó mma Ramotswe.

—Es una hiena —ratificó Grace—. Parece un oso hormiguero
con esa nariz tan larga.

Tras las risas, Grace se fue y el malhumor volvió a apoderarse de
mma Ramotswe. Le daba la impresión de que seguiría sintiéndose así
durante todo el fin de semana; en realidad, le preocupaba pensar que
podía seguir de malhumor hasta que resolviera el caso Komoti, eso si
lo resolvía algún día.

Mma Ramotswe pagó la cuenta y se marchó, y fue entonces, al
bajar las escaleras del hotel, cuando vio al doctor Komoti en el Mall.

Se detuvo un instante a pensar. El doctor Komoti había cruzado la
frontera la noche anterior poco antes de las siete. La aduana cerraba
a las ocho, por lo que era imposible que le hubiese dado tiempo de
llegar a Mafikeng, que estaba a cuarenta minutos más en coche, y volver justo a tiempo de cruzar la frontera antes de su cierre. Eso quería
decir que había pasado fuera la noche y que había regresado a primera hora de la mañana.

Recuperada de la sorpresa que se había llevado al verle, creyó
que debía aprovechar la oportunidad de seguirle y observar qué hacía. El doctor Komoti había entrado en la ferretería y mma Ramotswe
esperó fuera, echando un vistazo al escaparate, hasta que salió. Ya
fuera, le vio caminar con decisión hasta su coche y subirse a él.

El doctor pasó el resto del día en casa. A las seis de la tarde se
acercó al Sun Hotel, donde tomó una copa con otros dos hombres,
que a mma Ramotswe le parecieron nigerianos. Sabía que uno de
ellos trabajaba en una asesoría contable, y creía que el otro era profesor de primaria de algún colegio. No había nada aparentemente sos-
pechoso en el encuentro; debía de haber muchos otros grupos como

ése reuniéndose en aquel preciso instante por toda la ciudad, gente que hablaba de sus hogares, unida por la falsa cercanía de las vidas expatriadas.

Estuvo con ellos una hora y se marchó, ésa fue toda la vida social que hizo el doctor Komoti durante el fin de semana. El domingo por la noche mma Ramotswe decidió que hablaría con el doctor Maketsi a lo largo de esa semana para decirle que, por desgracia, no había indicio alguno que vinculara al doctor Komoti con el mundo de las drogas, sino que, más bien al contrario, parecía el paradigma de la sobriedad y el decoro. No había ni un solo rastro de mujeres, a menos que estuvieran escondidas y encerradas en su domicilio. Durante su guardia mma Ramotswe no había visto a nadie entrando ni saliendo de la casa, aparte del propio doctor Komoti. La verdad es que era realmente aburrido seguir a ese hombre.

Pero aún quedaba por resolver el asunto del precipitado viaje a Mafikeng. Si hubiera ido de compras a los Bazares OK, como mucha gente hacía, se habría quedado por lo menos parte de la mañana del sábado, cosa que no había hecho. Por lo tanto, fuera lo que fuera lo que hubiera ido a hacer allí, lo había hecho el viernes por la noche. ¿Habría ido a ver a alguna mujer, a una de esas exuberantes mujeres surafricanas que, inexplicablemente, parecía que les gustaban tanto a los hombres? Ésa era la explicación más sencilla, y la más probable. Pero entonces, ¿por qué tanta prisa por volver el sábado por la mañana? ¿Por qué no se había quedado a pasar el día y la había llevado a comer al Mmbabatho Hotel? Las piezas no acababan de encajar, y a mma Ramotswe se le ocurrió que podía seguirle hasta Mafikeng el fin de semana siguiente, en el caso de que fuera, y ver qué pasaba. Si no pasaba nada, siempre le quedaba la posibilidad de irse de tiendas y volver el sábado por la tarde. Tenía previsto ir igualmente algún día, y de esta forma tal vez matara dos pájaros de un tiro.

El doctor Komoti actuó según lo esperado. El viernes siguiente abandonó el hospital puntualmente y condujo en dirección a Lobatsi. Mma Ramotswe le seguía a una distancia prudencial en su furgoneta. El paso de la frontera no fue fácil, porque en la aduana mma Ramotswe tenía que mantenerse lo bastante lejos del coche del doctor y al mismo tiempo no perderle de vista en cuanto éste la hubiera cruzado. Hubo un momento en que le dio la impresión de que el doctor Komoti se le escaparía, pues había un grueso oficial hojeando detenidamente el pasaporte de ella, mirando los sellos que reflejaban sus entradas y salidas de Johannesburgo y Mafikeng.

—Aquí pone que es usted detective de profesión —señaló el hombre con seguridad—. ¿Cómo es posible que una mujer sea detective?

Mma Ramotswe le miró fijamente. Si la conversación se prolongaba, podía perder al doctor Komoti, cuyo pasaporte ya estaba siendo sellado. En pocos minutos pasaría el control de aduanas y entonces la pequeña furgoneta ya no lograría darle alcance.

—Hay muchas mujeres que son detectives —contestó mma Ramotswe con aplomo—. ¿No ha leído a Agatha Christie?

El funcionario levantó la vista y se encrespó.

—¿Me está llamando inculto? —refunfuñó—. ¿Es eso? ¿Me está llamando inculto por no haber leído a ese tal señor Christie?

—En absoluto —respondió mma Ramotswe—. Todos ustedes están muy bien preparados y son muy eficientes. Ayer precisamente estuve en casa del ministro y le comenté que los de inmigración me parecían muy educados y eficaces. Estuvimos charlando mucho rato después de cenar.

El oficial estaba boquiabierto. Titubeó unos segundos, pero luego cogió el sello de caucho y lo estampó sobre el pasaporte.

—Gracias, mma —dijo—. Ya puede pasar.

A mma Ramotswe no le gustaba mentir, pero en ocasiones era necesario, especialmente cuando uno tropezaba con personas que ocupaban un cargo para el que no estaban preparadas. Disfrazar la verdad (era cierto que conocía al ministro, aunque sólo fuese desde cierta distancia) a veces ayudaba a que las personas espabilaran, y a menudo era por su propio bien. Quizá la próxima vez ese oficial en concreto se lo pensaría mejor antes de importunar a una mujer sin razón aparente.

Mma Ramotswe se subió de nuevo a la furgoneta y le indicaron que pasara la barrera. No había ni rastro del doctor Komoti, y tuvo que pisar el pedal del acelerador a fondo para alcanzarle. Como el doctor no iba demasiado rápido, aminoró un poco la marcha y le siguió; pasaron por delante de los restos de la capital de Managope y su fantasmal República de Bofutatsuana. Allí estaba el estadio en el que el presidente había sido retenido por sus propias tropas cuando éstas se rebelaron; y también las dependencias gubernamentales que, en nombre de sus dirigentes de Pretoria, administraban el incomprensiblemente fragmentado Estado. Todo aquello había sido una pérdida de tiempo, pensó, una locura sin pies ni cabeza que llegado el momento se había desvanecido como el espejismo que siempre había sido. Todo formaba parte de la farsa del apartheid y del monstruoso sueño de Verwoerd; cuánto dolor, cuánto sufrimiento que la historia se encargaría de añadir a todo el dolor de África.

El doctor Komoti giró de repente a la derecha. Estaban en las afueras de Mafikeng, en un barrio de calles limpias y ordenadas y casas con grandes jardines vallados. Se introdujo en el camino de entrada a una de esas casas, lo que obligó a mma Ramotswe a seguir conduciendo para no levantar sospechas, pero contó el número de casas que había pasado de largo (siete) y aparcó la furgoneta junto a un árbol.

En la parte posterior de las casas había lo que antiguamente llamaban un camino de servicio. Mma Ramotswe bajó de la furgoneta y anduvo hasta el final de éste. La casa en la que el doctor Komoti había entrado estaba a ocho casas de distancia, siete, más la que había tenido que rodear para acceder al camino.

Se detuvo en el camino de servicio de la parte trasera de la octava casa y echó un vistazo al jardín. Había conocido tiempos mejores, pero debían de haber pasado muchos años desde entonces. Ahora era un revoltijo de vegetación: moreras, montones de buganvillas salvajes de tamaño gigante con grandes ramas de flores moradas que apuntaban hacia el cielo, y papayos con fruta podrida en los tallos. Aquello debía de ser un paraíso para las serpientes, pensó; debía de haber mambas escondidas entre la hierba sin cortar y *boomslangs* posadas en las ramas de los árboles, todas descansando a la espera de que alguien como ella fuera lo suficientemente estúpido para entrar.

Abrió la verja despacio. A juzgar por el tremendo chirrido de la bisagra, llevaba tiempo sin utilizarse. Pero no había de qué preocuparse, la vegetación amortiguaría cualquier sonido, impidiendo que llegara a la casa, que estaba a unos noventa metros de distancia. En realidad, era prácticamente imposible ver la casa a través de la espesura, por lo que mma Ramotswe se sentía a salvo, si no de las serpientes, al menos sí de las miradas de quienes vivían en la casa.

Mma Ramotswe avanzó con sigilo, pisando el suelo con cuidado y esperando oír en cualquier momento el silbido de una serpiente protestando. Pero no se produjo ningún movimiento, y enseguida llegó a una morera bajo la que se acurrucó; no se atrevía a acercarse más. Desde la sombra del árbol tenía una buena vista de la puerta trasera y de la ventana abierta de la cocina; sin embargo, no podía ver el interior de la casa porque era al estilo colonial, con ojos de buey que volvían el interior frío y oscuro. Era mucho más fácil espiar a la gente que vivía en casas modernas, porque los arquitectos de hoy en día se habían olvidado del sol y metían a la gente en peceras de cristal a cuyas ventanas desprotegidas podía asomarse quien quisiera.

¿Y qué debía hacer ahora? Podía quedarse donde estaba y esperar que alguien saliera de la casa; pero ¿por qué iban a hacerlo? Y si así era, ¿qué haría entonces?

De pronto una ventana se abrió y un hombre se asomó. Era el doctor Komoti.

—¡Eh! ¡Usted! ¡Sí, usted, la gorda de ahí! ¿Se puede saber qué hace sentada junto a nuestra morera?

Mma Ramotswe sintió la repentina y absurda necesidad de mirar hacia atrás, como dando a entender que había alguien más junto al árbol. Se sintió como una niña a la que han sorprendido robando fruta o saltándose cualquier otra norma. En esos casos no había excusa posible; había que confesar.

Se levantó y salió de la sombra.

—Es que tengo calor —gritó—. ¿Podría darme un poco de agua?

La ventana se cerró y al cabo de un momento se abrió la puerta de la cocina. El doctor Komoti se quedó en las escaleras y mma Ramotswe se fijó en que no iba vestido con la misma ropa que al salir de

Gaborone. Le dio el vaso de agua que llevaba en la mano. Mma Ramotswe lo cogió y se bebió el agua, agradecida. La verdad es que estaba sedienta y, aunque el vaso estaba sucio, bebió el agua con gusto.

—¿Qué hace en nuestro jardín? —preguntó el doctor Komoti con amabilidad—. ¿Es usted una ladrona?

Mma Ramotswe parecía dolida.

—No —respondió.

El doctor Komoti la miró fríamente.

—Muy bien, entonces, si no ha venido a robar, ¿qué quiere? ¿Está buscando trabajo? Porque ya tenemos a una persona que viene a cocinar. No necesitamos a nadie.

Mma Ramotswe estaba a punto de contestar cuando apareció alguien por detrás del doctor Komoti. Era el doctor Komoti.

—¿Qué ocurre aquí? —quiso saber el segundo doctor Komoti—. ¿Qué quiere esta mujer?

—Estaba en el jardín —le contestó el primer doctor Komoti—. Dice que no es una ladrona.

—Y no lo soy —insistió ella indignada—. Sólo estaba viendo la casa.

Los dos hombres parecían sorprendidos.

—¿Y eso por qué? —preguntó uno de ellos—. ¿Por qué querría alguien hacer eso? No tiene nada especial y tampoco está en venta.

Mma Ramotswe echó la cabeza hacia atrás y se rió.

—No, si no he venido a comprarla —repuso—. Es sólo que yo vivía aquí de pequeña. La casa era de unos bóers, los señores Van der Heever. Verán, mi madre era su cocinera y vivíamos en una barraca destinada a los criados, al fondo del jardín. Mi padre se ocupaba del jardín...

Hizo una pausa y miró a los dos hombres con cara de reproche.

—Antes estaba mejor —añadió—, estaba más cuidado.

—De eso no me cabe duda —repuso uno de ellos—. Nos gustaría arreglarlo algún día, pero es que tenemos mucho trabajo. Somos médicos, ¿sabe?, y nos pasamos el día entero en el hospital.

—¡Ahhh...! —exclamó mma Ramotswe, intentando sonar respetuosa—. ¿Y trabajan ustedes aquí?

—No —contestó el primer doctor Komoti—. Yo tengo un gabinete de cirugía en el centro, cerca de la Estación de Ferrocarriles, y mi hermano…

—Yo trabajo en la otra dirección —explicó el hermano señalando con el dedo algún punto del norte—. Y no se preocupe, puede mirar el jardín tanto como quiera. Pero entre, entre, que le daremos una taza de té.

—Vaya —dijo mma Ramotswe—, son ustedes muy amables. Muchas gracias.

Fue un alivio salir del jardín, con su siniestra maleza y su aspecto abandonado. Durante un rato mma Ramotswe fingió que miraba los árboles y los arbustos (o lo que podía verse de ellos) y luego, tras dar las gracias a sus anfitriones por el té, se fue andando calle abajo. Su mente no paraba de darle vueltas a lo que acababa de descubrir. Había dos doctores Komoti, lo que en sí no era nada del otro mundo; pero algo le decía que ahí estaba el quid de la cuestión. Evidentemente, no había razón alguna que impidiera que dos hermanos gemelos hubieran estudiado lo mismo (los gemelos a menudo vivían vidas idénticas, e incluso a veces uno de ellos se casaba con la hermana de la mujer del otro), pero ahí había gato encerrado, y mma Ramotswe sabía que la verdad estaba delante de sus narices; sólo tenía que verla.

Se metió en la pequeña furgoneta blanca y dio la vuelta en dirección al centro de la ciudad. Uno de los doctores había mencionado que tenía un gabinete de cirugía en la ciudad, próximo a la Estación de Ferrocarriles, y decidió echarle un vistazo (aunque una placa de bronce, en el caso de que la hubiera, no le serviría de mucho).

Ya había estado en la estación alguna vez. Era un sitio que le encantaba visitar porque le recordaba la antigua África, aquellos días de incómodas compañías en trenes atestados de gente, los largos viajes a través de grandiosas llanuras, las cañas de azúcar que uno solía tomar para pasar el rato, cuyas médulas se escupían por las amplias ventanas. Aún quedaba algo de aquella época, aquí, donde los trenes que procedían de El Cabo con dirección a Bulawayo, pasando por Botsuana, circulaban lentamente por delante de los andenes; aquí, donde las tiendas indias que había junto a las instalaciones de la estación seguían vendiendo mantas y sombreros de hombre con una llamativa pluma pegada en el lado.

Mma Ramotswe no quería que África cambiase. No quería que su gente se volviera como todos los demás, desalmados y egoístas, no quería que se olvidaran de lo que significa ser africano o, peor aún, que se avergonzaran de África. Ella nunca dejaría de ser africana, nunca, aunque alguien viniera y le dijera: «Esta pastilla es lo más sofisticado que hay en el mercado. Tómesela y se convertirá en estadounidense». Diría que no. Jamás. No, gracias.

Aparcó la furgoneta junto a la Estación de Ferrocarriles y bajó de ella. Había un montón de gente: mujeres que vendían mazorcas de maíz asado y bebidas dulces; hombres que hablaban a voces con sus amigos; una familia que viajaba con maletas de cartón y que llevaba sus pertenencias envueltas en una manta. Empujando un coche de juguete, hecho a mano con alambres retorcidos, un niño chocó con mma Ramotswe y, por miedo a ser reñido, se escabulló sin disculparse.

Se acercó a una de las vendedoras ambulantes y le habló en setsuana:

—¿Qué tal, mma? —preguntó mma Ramotswe.

—Bien, ¿y usted, mma? ¿Qué tal está?

—Bien, hoy he dormido muy bien.

—Me alegro.

Terminado el saludo, dijo:

—Tengo entendido que por aquí hay un médico muy bueno. El doctor Komoti. ¿Sabe dónde puedo encontrarle?

La mujer asintió.

—Mucha gente va a verle. Tiene la consulta ahí. ¿La ve? Justo donde ese hombre blanco acaba de aparcar el camión. Ahí es.

Mma Ramotswe le dio las gracias a la vendedora y le compró una mazorca de maíz asado. Después, mientras se la comía, cruzó la polvorienta plaza hasta el edificio con hojas de calamina en el techo, bastante deteriorado, donde supuestamente estaba el gabinete del doctor Komoti.

Para su sorpresa, la puerta estaba abierta, y al empujarla se encontró de frente con una mujer.

—Lo lamento, mma, pero el doctor no está —comentó la mujer, algo molesta—. Soy la enfermera. Estará aquí el lunes por la tarde.

—¡Vaya! —exclamó mma Ramotswe—. Debe de ser una lata trabajar un viernes por la tarde, cuando todo el mundo ya está en la calle.

La enfermera se encogió de hombros.

—Luego vendrá a buscarme mi novio y daremos una vuelta, pero prefiero dejarlo todo preparado para el lunes antes de que empiece el fin de semana. Es mejor así.

—Mucho mejor —añadió mma Ramotswe, pensando con rapidez—. En realidad, no quería ver al doctor, al menos no como paciente. Trabajé para él cuando estaba en Nairobi. Formaba parte de su equipo. Sólo quería saludarle.

La actitud de la enfermera mejoró notablemente.

—Le prepararé un té, mma —le ofreció—. Aún hace demasiado calor fuera.

Mma Ramotswe tomó asiento y esperó a que la enfermera volviera con la tetera.

—¿Conoce al otro doctor Komoti? —le preguntó—. ¿A su hermano?

—Sí, claro —respondió la enfermera—. Verá, viene mucho por aquí, a echar una mano. Dos o tres veces a la semana.

Mma Ramotswe dejó la taza de té, muy despacio. El corazón le latía con fuerza; se dio cuenta de que era un momento crucial, de que tenía la escurridiza respuesta al alcance de la mano, pero tendría que aparentar indiferencia.

—Sí, en Nairobi también lo hacían —afirmó, agitando la mano con despreocupación, como si esas cosas no tuvieran importancia—. Se ayudaban mutuamente. Y por regla general, los pacientes no sabían que los estaba visitando otro médico.

La enfermera se echó a reír.

—Pues igual que aquí —repuso—. No sé si es muy justo de cara a los pacientes, pero nadie se ha enterado de que son dos y todo el mundo parece bastante contento.

Mma Ramotswe cogió de nuevo su taza y se la dio a la enfermera para que le sirviera más té.

—¿Y usted? —le preguntó—. ¿Puede distinguir a uno de otro?
La enfermera le devolvió la taza a mma Ramotswe.

—Los distingo por una cosa —contestó—. Uno de ellos es bastante buen médico, pero el otro es un desastre, no sabe casi nada de medicina. La verdad, no entiendo cómo pudo hacer la carrera.

«Es que no la hizo» —pensó mma Ramotswe.

Pasó la noche en Mafikeng, en el Station Hotel, que era ruidoso e incómodo. No obstante, mma Ramotswe durmió bien, como le ocurría siempre que concluía alguna pesquisa. A la mañana siguiente se fue de compras a los Bazares OK y encontró, para su deleite, un puesto con vestidos de oferta de la talla 56. Se compró tres, dos más de los que realmente necesitaba; la propietaria de la Primera Agencia Femenina de Detectives tenía que dar cierta imagen.

Aquella tarde llegó a casa a las tres, llamó por teléfono al doctor Maketsi y le pidió que fuera inmediatamente a la agencia para informarle de los resultados de la investigación. El doctor Maketsi se plantó allí en diez minutos, jugando, nervioso, con los puños de su camisa.

—En primer lugar —anunció mma Ramotswe—, no se trata de drogas.

El doctor Maketsi suspiró aliviado.

—Gracias a Dios —dijo—. Era algo que me tenía muy preocupado.

—Veamos —titubeó mma Ramotswe—, no estoy segura de que le guste lo que voy a decirle.

—No está licenciado —se adelantó el doctor Maketsi—. ¿Es eso, no?

—Uno de ellos, sí —respondió mma Ramotswe.

El doctor Maketsi parecía confundido.

—¿Uno de ellos?

Mma Ramotswe se reclinó en la silla con los aires de alguien que está a punto de desvelar un misterio.

—Había una vez dos gemelos —empezó a contarle—. Uno estudió medicina y se graduó de médico. El otro, no. El que estaba licenciado consiguió un trabajo como médico, pero como era avaricioso pensó que con dos trabajos ganaría más dinero que con uno. De modo que cogió dos trabajos y repartió su tiempo entre ambos. Cuando él no estaba, su hermano, su gemelo, como ya he mencionado antes, le sustituía. Lo que sabía de medicina lo había aprendido de su hermano médico, que seguramente le aconsejaba qué debía hacer. Y aquí termina el cuento. Ésta es la historia del doctor Komoti, y de su hermano gemelo de Mafikeng.

El doctor Maketsi permaneció completamente en silencio. A medida que mma Ramotswe iba hablando, había hundido la cabeza entre las manos y por momentos pareció que iba a llorar.

—Entonces han estado yendo los dos al hospital —dijo al fin—. Unas veces ha venido el médico y otras su hermano gemelo.

—Sí —afirmó mma Ramotswe con naturalidad—. Digamos que tres días a la semana tenían al médico en el hospital mientras el otro hermano ejercía como tal en el gabinete de cirugía que tienen cerca de la Estación de Ferrocarriles de Mafikeng. Después se intercambiaban los puestos y deduzco que, de alguna manera, el médico auténtico acababa todo lo que a su hermano se le hubiese pasado por alto.

—Dos trabajos por el precio de una sola licenciatura —dijo el doctor Maketsi en voz baja—. Hacía tiempo que no me encontraba con una trama de esta envergadura.

—Reconozco que me sorprendió —confesó mma Ramotswe—. Creía que ya conocía todas las caras de la inmoralidad, pero está claro que una se sigue sorprendiendo de vez en cuando.

El doctor Maketsi se frotó la barbilla.

—Tendré que dar parte a la policía —comentó—. Habrá que tramitar un proceso. Hay que proteger a la gente de individuos como esos.

—A no ser que… —sugirió mma Ramotswe.

El doctor Maketsi estaba dispuesto a agarrarse a un clavo ardiendo.

—¿Se le ocurre una alternativa? —preguntó—. En cuanto esto salga a la luz, la gente se asustará. Y algunos animarán a otros a que no vayan al hospital. Nuestros programas de salud pública se basan en la confianza; ya sabe cómo funciona esto.

—Precisamente por eso le sugiero que traslademos la polémica a otra parte. Estoy de acuerdo con usted en que hay que proteger a la gente y en que al doctor Komoti habrá que expulsarlo o lo que sea; pero mi sugerencia es que eso se haga desde otro campo de juego.

—¿Se refiere a Mafikeng?

—Exacto —respondió mma Ramotswe—. Al fin y al cabo, allí se está cometiendo un delito y podríamos dejarlo en manos de los surafricanos. En los archivos de Gaborone ni siquiera constará. Todo lo que la gente de aquí sabrá es que el doctor Komoti un buen día dimitió, como hace mucha gente por diversos motivos.

—Muy bien —consintió el doctor Maketsi—, pero preferiría que el ministro no supiera nada de todo esto. No creo que nos beneficiara mucho que…, por decirlo de alguna manera, que se enfadara.

—Por supuesto que no —mma Ramotswe fue rotunda—. Con su permiso, llamaré a mi amigo Billy Pilani, que es capitán de la policía en Mafikeng. Le encantaría ser conocido por haber desenmascarado a un impostor. Le gustan los buenos arrestos, los arrestos espectaculares.

—Adelante —accedió el doctor Maketsi con una sonrisa. Era una buena solución para un caso de lo más insólito, y le había sorprendido sumamente el modo en que mma Ramotswe lo había manejado—. ¿Sabe una cosa? No creo que ni siquiera mi tía, la de Mochudi, hubiera llevado todo esto mejor que usted.

Mma Ramotswe sonrió a su viejo amigo. Se podía ir por la vida haciendo nuevos amigos cada año, prácticamente cada mes, pero era imposible sustituir a esos amigos de la infancia que sobreviven al paso de los años. Los lazos que nos unen a ellos son de acero.

Acarició con la mano el brazo del doctor Maketsi, suavemente, como hacen a veces los viejos amigos cuando no tienen nada más que decir.

21

La mujer del hechicero

Un camino polvoriento, lo bastante intransitable para romper los amortiguadores; una colina, un montón de grandes piedras, exactamente como figuraba en el plano que había dibujado el señor Gotso; y sobre su cabeza, extendiéndose por todo el horizonte, la inmensidad del cielo, cantando en el calor del mediodía.

Mma Ramotswe conducía la pequeña furgoneta blanca con cuidado, esquivando las piedras que pudieran dañar el cárter del vehículo, preguntándose por qué no había nadie más circulando. El lugar estaba desierto; no había ni vacas ni cabras; sólo la sabana y las bajas acacias. Parecía inexplicable que alguien quisiera vivir aquí, lejos de cualquier pueblo y del contacto humano. Todo estaba desierto.

De pronto vio la casa, oculta tras los árboles, casi a la sombra de la colina. Una sencilla casa al estilo tradicional; paredes marrones de arcilla, unas cuantas ventanas sin cristal y, rodeando la parcela, una cerca que llegaba a la altura de las rodillas. Hacía mucho tiempo, alguno de sus propietarios había hecho unos dibujos en la pared, pero el abandono y los años los habían ido borrando hasta convertirlos en un mero recuerdo.

Aparcó la furgoneta y contuvo el aliento. Se había encontrado con timadores, había tratado con mujeres celosas e incluso le había hecho frente al señor Gotso; pero este encuentro sería distinto. Iba a ver la encarnación de la maldad, el corazón de la oscuridad, la raíz de la vergüenza. Este hombre, a pesar de sus abracadabras y sus hechizos, era un asesino.

Abrió la puerta y bajó de la furgoneta. El sol estaba alzándose y los rayos le calentaban la piel. Aquello estaba demasiado al oeste, demasiado cerca del Kalahari, y su inquietud aumentó. No era como la tierra cómoda en la que había crecido; era el África desalmada, la tierra árida.

Mma Ramotswe caminó hacia la casa y sintió que, mientras andaba, alguien la estaba observando. No había habido ningún movimiento, pero notaba unos ojos sobre ella, unos ojos de dentro de la casa. A la altura de la cerca, como mandaba la tradición, se detuvo y anunció su llegada en voz alta.

—Tengo mucho calor —dijo—. Necesito beber algo.

No hubo respuesta del interior, sólo un movimiento a su izquierda, entre los arbustos. Se volvió para mirar, casi asustada. Era un enorme escarabajo negro, un *setotojane*, arremetiendo con su cornamenta contra un diminuto trofeo, probablemente algún insecto muerto de sed. «Pequeños desastres, pequeñas victorias; como las nuestras —pensó—; en comparación con el universo no somos más que un *setotojane*.»

—¿Mma?

Se giró rápidamente. En la puerta había una mujer limpiándose las manos con un trapo.

Mma Ramotswe pasó por el hueco de la cerca, que no tenía puerta.

—*Dumela*, mma —saludó en setsuana—. Soy mma Ramotswe.

La mujer asintió.

—*Eee*. Yo soy mma Notshi.

Mma Ramotswe observó a la mujer. Debía de rondar los sesenta años, llevaba una falda larga, como las que llevaban las herero, pero no creía que perteneciera a esa etnia.

—He venido a ver a su marido —explicó—. Tengo que pedirle una cosa.

La mujer salió de la sombra y se detuvo frente a mma Ramotswe, escudriñándole la cara de manera desconcertante.

—¿Ha venido a buscar algo? ¿Quiere comprarle alguna cosa?

Mma Ramotswe asintió.

—Tengo entendido que es un hechicero muy bueno. Es que tengo problemas con otra mujer. Me está robando a mi marido y quiero algo que la detenga.

La mujer sonrió.

—Creo que podrá ayudarla. Quizá pueda darle algo. Pero ahora no está. Estará en Lobatsi hasta el sábado. Tendrá que venir otro día.

Mma Ramotswe suspiró.

—El viaje ha sido largo y tengo sed. ¿Tendría usted un poco de agua, hermana?

—Sí, sí que tengo. Entre en casa y siéntese mientras se la toma.

Era una habitación pequeña, amueblada con una desvencijada mesa y dos sillas. En una esquina había una vasija con grano, a la antigua usanza, y un baúl de hojalata abollado. Mma Ramotswe se sentó en una de las sillas mientras la mujer traía una taza blanca esmaltada con agua, que le ofreció a su invitada. El agua estaba un poco rancia, pero mma Ramotswe se la bebió agradecida.

Luego dejó la taza en la mesa y miró a la mujer.

—Como ya le he dicho, he venido para comprarle algo a su marido; pero también he venido a prevenirla de algo.

La mujer se sentó en la otra silla.

—¿De qué?

—Verá —respondió mma Ramotswe—, soy mecanógrafa. ¿Sabe qué es eso?

La mujer asintió.

—Trabajo en la policía —prosiguió mma Ramotswe— y he escrito a máquina algo referente a su marido. Saben que mató a ese chico, el de Katsana. Que fue él quien lo raptó y lo mató para hacer *muti*. No tardarán mucho en arrestarlo y luego lo colgarán. Y he venido a avisarle de que a usted también la colgarán pronto porque creen que está involucrada en el asunto. Dicen que usted también lo hizo. Yo no creo que deban colgar a las mujeres, por eso he venido a decirle que podría poner fin a todo esto, si me acompañara a la policía y les contara lo que ocurrió. Creerán lo que les cuente y así se salvará; de lo contrario, morirá pronto. El mes que viene, me parece.

Hizo una pausa. La mujer había soltado el trapo que llevaba y miraba fijamente a mma Ramotswe con los ojos desorbitados. Mma Ramotswe conocía el olor del miedo, ese olor acre y penetrante que los poros de la piel despiden cuando la gente está asustada; ahora el aire sofocante se había vuelto denso por el olor.

—¿Entiende lo que le digo? —preguntó.

La mujer del hechicero cerró los ojos.

—Yo no maté a ese chico.

—Lo sé —repuso mma Ramotswe—. Las mujeres nunca lo hacen, pero eso a la policía la trae sin cuidado. Tienen pruebas contra usted y las autoridades quieren colgarla. Primero a su marido y después a usted. No les gusta la brujería. Les da vergüenza. No la consideran moderna.

—Pero si el chico no está muerto —soltó la mujer—. Está en el corral adonde lo llevó mi marido. Está ahí trabajando. Está vivo.

Mma Ramotswe le abrió la puerta a la mujer y luego la cerró, fue hasta la puerta del conductor, la abrió y se sentó en la furgoneta. El asiento ardía a causa del sol, tanto, que le traspasaba la ropa y le quemaba la piel, pero ahora el dolor era lo de menos. Lo único que importaba era realizar el trayecto, que la mujer dijo que duraría cuatro horas. En ese momento era la una en punto. Llegarían allí justo antes de que anocheciera y podrían iniciar la vuelta de inmediato. En el caso de que tuvieran que parar por la noche debido al mal estado del camino, bueno, siempre podían dormir en la parte trasera de la furgoneta. Lo importante era encontrar al chico.

Hicieron el viaje en silencio. La otra mujer intentó entablar una conversación, pero mma Ramotswe la ignoró. No tenía nada que decirle a esa mujer; no quería hablar con ella.

—No está siendo usted nada amable —comentó al fin la mujer del hechicero—. No me dirige la palabra. Estoy intentando hablar con usted, pero me ignora. Lo hace porque se cree que es mejor que yo, ¿verdad?

Mma Ramotswe la miró de reojo.

—La única razón por la que me enseña dónde está el chico es porque tiene miedo. No lo está haciendo porque quiere que vuelva con sus padres. Eso no le importa, ¿no? Es usted una depravada, y le advierto que si la policía se entera de que usted y su marido vuelven a practicar brujería, vendrán y los meterán entre rejas. Y si no lo hacen ellos, lo harán unos amigos míos de Gaborone. ¿Le ha quedado claro?

Pasaron las horas. El viaje fue cansado, se adentraron en la sabana y recorrieron los caminos más apartados hasta que allí, a lo lejos, vieron el corral y un grupo de árboles alrededor de un par de chozas.

—Ahí está el corral —anunció la mujer—. Hay dos basarua, un hombre y una mujer, y el chico, que está trabajando para ellos.

—¿Cómo han hecho para retenerle? —preguntó mma Ramotswe—. ¿Cómo sabían que no se escaparía?

—Mire a su alrededor —contestó la mujer—. Este lugar está muy solitario. No llegaría muy lejos antes de que los basarua lo cogieran.

Entonces a mma Ramotswe se le ocurrió algo. El hueso; si el chico estaba aún con vida, ¿de dónde habían sacado el hueso?

—En Gaborone hay un hombre que le compró un hueso a su marido —dijo—. ¿De dónde lo sacaron?

La mujer la miró con desdén.

—En Johannesburgo venden huesos. ¿No lo sabía? Están bien de precio.

Los basarua estaban comiendo unas gachas muy poco apetecibles, sentados en dos piedras frente a una de las chozas. Eran menudos, con ojos grandes de cazador, y clavaron la vista en las recién llegadas. Entonces el hombre se puso de pie y saludó a la mujer del hechicero.

—¿Qué tal está el ganado? —le preguntó ella con brusquedad.

El hombre profirió un extraño chasquido con la lengua.

—Bien. Sigue vivo. Esa vaca de ahí está dando mucha leche.

Aunque hablaban en setsuana, resultaba difícil entenderlos. El hombre hablaba con los chasquidos y silbidos propios del Kalahari.

—¿Dónde está el chico? —soltó la mujer.

—Está ahí —contestó el hombre—. Mírelo.

Y entonces vieron al chico, de pie junto a un arbusto, que los miraba perplejo. Un niño cubierto de polvo, con los pantalones rotos y un palo en la mano.

—Ven aquí —le ordenó la mujer del hechicero—. Ven.

El muchacho caminó hacia ellas, la mirada fija en el suelo. Tenía una cicatriz en el antebrazo, una gran roncha, y mma Ramotswe supo al instante qué la había causado. Era la marca de un látigo, de un *sjambok*.

Mma Ramotswe alargó el brazo y le puso la mano en el hombro.

—¿Cómo te llamas? —le preguntó cariñosamente—. ¿Eres el hijo del profesor de Katsana?

El chico temblaba, pero percibió la preocupación en los ojos de mma Ramotswe y habló.

—Sí, soy su hijo. Ahora trabajo aquí. Esta gente me hace cuidar del ganado.

—¿Y ese hombre, te ha pegado? —le susurró mma Ramotswe—. ¿Eh?

—Sí, muchas veces —respondió el muchacho—. Me decía que si me escapaba, me buscaría por toda la sabana y me atravesaría con una estaca.

—Ahora ya estás a salvo —le aseguró mma Ramotswe— y vendrás conmigo. Ahora mismo. Empieza a andar. Yo te protegeré.

El chico lanzó una mirada a los basarua y echó a andar hacia la furgoneta.

—Sigue caminando —le dijo mma Ramotswe—, yo voy detrás de ti.

Le sentó en el vehículo y cerró la puerta. La mujer del hechicero gritó:

—Espere un momento. Quiero hablar del ganado con esta gente. Enseguida podremos irnos.

Mma Ramotswe fue hasta el asiento del conductor y se subió a la furgoneta.

—Espere —dijo la mujer—. No tardaré mucho.

Mma Ramotswe se inclinó hacia adelante y puso el motor en

marcha. Luego pisó el embrague y cambió a la primera, giró el volante y pisó el acelerador. La mujer empezó a gritar y a correr tras la furgoneta, pero la nube de humo no tardó en envolverla, y se tropezó y se cayó.

Mma Ramotswe miró al chico, que estaba sentado a su lado con cara de asustado y confundido.

—Te voy a llevar a casa —anunció—. El viaje es largo y me temo que dentro de un rato tendremos que parar a dormir; pero mañana por la mañana nos pondremos en marcha de nuevo y ya no faltará mucho para llegar.

Detuvo la furgoneta al cabo de una hora junto al lecho de un río seco. Estaban completamente solos, no se veía ni siquiera una hoguera de algún corral remoto que rompiera la oscuridad de la noche. Sólo los iluminaba la luz de las estrellas, una débil luz plateada que caía sobre el cuerpo del chico, dormido, envuelto en un saco que mma Ramotswe tenía en el maletero, con la cabeza apoyada en su brazo, respirando acompasadamente, con una mano posada dulcemente en la suya, y la propia mma Ramotswe estuvo despierta, con la vista alzada al cielo nocturno hasta que la inmensidad de éste la introdujo con suavidad en el sueño.

Al día siguiente, ya en Katsana, el profesor se asomó a la ventana de su casa y vio una pequeña furgoneta blanca que se detenía frente a la casa. Vio a una mujer que bajaba del vehículo y miraba hacia su puerta, y al niño. ¿Quién era ese niño? ¿Sería una madre que le traía a su hijo por algún motivo?

Salió de la casa y se la encontró en la cerca del jardín.

—¿Es usted el profesor, rra?

—Sí, mma ¿En qué puedo ayudarla?

Mma Ramotswe se volvió y le hizo una señal al chico. La puerta de la furgoneta se abrió y su hijo bajó de ella. El profesor se puso a gritar y corrió hacia él, y se detuvo y miró a mma Ramotswe como si buscase una confirmación. Ella asintió y el hombre se puso de nuevo a correr, casi tropezando a causa de un zapato desabrochado que se le salió del pie, para estrechar a su hijo entre sus brazos mientras gritaba como un loco para que el pueblo y el mundo entero supieran lo feliz que estaba.

Mma Ramotswe se dio la vuelta y regresó a la furgoneta, no quería interferir en los momentos íntimos del reencuentro. Estaba llorando; lloraba también por su bebé, recordaba la diminuta mano que, brevemente, había agarrado la suya, tratando de aferrarse a un mundo extraño que se le estaba escapando con tanta rapidez. Había tanto sufrimiento en África que lo cierto es que daban ganas de encogerse de hombros e irse; «pero no puedes hacer eso —dijo para sí—. Simplemente no puedes».

22

El señor J. L. B. Matekoni

Incluso para un vehículo tan resistente como la pequeña furgoneta blanca, que hacía kilómetros y kilómetros sin protestar, el polvo podía ser excesivo. La pequeña furgoneta blanca no se había quejado durante el viaje sabana adentro, pero ahora, de vuelta en la ciudad, estaba empezando a traquetear. Mma Ramotswe estaba convencida de que había sido por el polvo.

Llamó a Tlokweng Road Speedy Motors, no con la intención de molestar al señor J. L. B. Matekoni, pero la recepcionista se había ido a comer y él cogió el teléfono. Le dijo que no se preocupara, que al día siguiente, que era sábado, pasaría por Zebra Drive para echarle un vistazo a la furgoneta y que tal vez podría arreglarla allí mismo.

—No creo que pueda —repuso mma Ramotswe—. Está vieja. Es como una vaca vieja, supongo que tendré que venderla.

—No, no hará falta que la venda —la contradijo el señor J. L. B. Matekoni—. Todo tiene arreglo. Todo.

«¿También un corazón roto? —se interrogó en su fuero interno—. ¿Tiene eso arreglo? ¿Podría el profesor Barnard, de Ciudad de El Cabo, curar a un hombre cuyo corazón sangraba de soledad?»

◆ ◆ ◆

Aquella mañana mma Ramotswe se fue de compras. Los sábados por la mañana siempre habían sido importantes para ella; fue al supermercado del Mall, y compró víveres y hortalizas a las mujeres que estaban en la acera, frente a la farmacia. Después se dirigió al President Hotel y se tomó un café con sus amigos; ya en casa, se bebió medio vaso de Lion Beer sentada en el porche mientras leía el periódico. Como era detective privada le convenía echar una ojeada al periódico y retener las noticias en su mente. Todo era importante, hasta la última línea de los consabidos discursos políticos y las noticias sobre la iglesia. Nunca se sabía si una insignificante información local podía llegar a serle útil.

Si se le preguntaban a mma Ramotswe, por ejemplo, los nombres de los contrabandistas de diamantes encarcelados, los nombraba a todos: Archie Mofobe, Piks Ngube, Molso Mobole y George Excellence Tambe. Había leído las noticias de los juicios de todos ellos y conocía sus sentencias. Seis años, seis años, diez años y ocho meses. Lo había leído y memorizado todo.

¿Y quién era el dueño de la Carnicería Sin Colas en Old Naledi? ¿Que quién era? Godfrey Potowani, claro está. Recordaba la foto de Godfrey en el periódico, de pie delante de su nueva carnicería con el ministro de Agricultura. ¿Y por qué estaba allí el ministro? Porque su mujer, Modela, era la prima de una de las mujeres de Potowani, de la que había armado aquel desagradable escándalo en la boda de Stokes Lofinale. Por eso mma Ramotswe no entendía a la gente que no se interesaba por estas cosas. ¿Cómo podía alguien vivir en una ciudad como ésta y no querer enterarse de la vida de los demás, incluso aunque no fuera por motivos profesionales?

El señor J. L. B. Matekoni llegó poco antes de las cuatro, conduciendo su camioneta azul con las palabras TLOKWENG ROAD SPEEDY MOTORS pintadas en un lateral. Llevaba puesto su mono de mecánico, inmaculadamente limpio y sin una sola arruga. Mma Ramotswe le acompañó hasta la pequeña furgoneta blanca, aparcada junto a la casa, y él extrajo un gran gato del maletero de su vehículo.

—Le prepararé un té —ofreció ella—, puede bebérselo mientras echa un vistazo a la furgoneta.

Le observó desde la ventana. Le vio abrir el compartimiento del motor y tocarlo aquí y allá. Le vio sentarse al volante y poner el motor en marcha, que se atragantó, petardeó y finalmente se caló. Le observó mientras extraía algo del motor, algo grande de lo que salían cables y tubos. Tal vez ese fuera el corazón de la furgoneta; el corazón leal que con tanta regularidad y constancia había estado latiendo, pero que, una vez arrancado, parecía extremadamente vulnerable.

El señor J. L. B. Matekoni iba de su camioneta a la furgoneta y viceversa. Se bebió dos tazas de té, y luego una tercera, pues la tarde era muy calurosa. Entonces mma Ramotswe entró en la cocina y metió unas verduras en una olla y regó las plantas de la repisa de la ventana trasera. Empezaba a anochecer y el cielo tenía vetas doradas. Ése era su momento favorito del día, cuando los pájaros surcaban el cielo y los insectos nocturnos empezaban a zumbar. Bajo esa suave luz, el ganado ya estaría volviendo al corral y las hogueras, frente a las chozas, estarían alumbrando y crepitando para hacer la cena.

Salió para ver si el señor J. L. B. Matekoni necesitaba más luz. Estaba de pie junto a la pequeña furgoneta blanca, limpiándose las manos con un trapo.

—Ahora debería funcionar —comentó—. He puesto el motor a punto y va como una seda.

Mma Ramotswe palmoteó de alegría.

—Pensé que tendría que desguazarlo —dijo.

Él se rió.

—Ya le dije que todo tiene arreglo. Hasta una vieja furgoneta.

La siguió adentro. Ella le sirvió una cerveza y se sentaron juntos en su lugar favorito, el porche, cerca de la buganvilla. No muy lejos, en alguna casa vecina, habían puesto música, los repetitivos ritmos tradicionales de la música *township*.

Se fue el sol y oscureció. Sentados el uno al lado del otro en esa agradable oscuridad, escucharon, relajados, los sonidos de África desvaneciéndose en la noche: un perro ladrando en alguna parte; el motor de un coche acelerando y luego apagándose; había una ligera brisa, cálida y polvorienta, que olía a acacia.

El señor J. L. B. Matekoni la miró en la oscuridad, miró a esta mujer que lo era todo para él: su madre, África, la sabiduría, la comprensión, la buena comida, las calabazas, el pollo, el olor del dulce aliento del ganado, el claro cielo infinito, la interminable sabana, y la jirafa que lloraba y daba sus lágrimas a las mujeres para que pintaran sus cestas. ¡Oh, Botsuana, mi país, mi hogar!

Eso era lo que estaba pensando. Pero ¿cómo iba a decírselo a ella? Cada vez que intentaba contarle sus sentimientos, las palabras que le acudían al pensamiento no eran las más apropiadas. «Un mecánico no es un poeta —reflexionó—, las cosas no son así.» De modo que se limitó a decir:

—Estoy muy contento de haberle arreglado la furgoneta. Habría sido una lástima que otro mecánico le hubiera mentido diciéndole que no valía la pena arreglarla. En este negocio hay gente así.

—Lo sé —repuso mma Ramotswe—. Pero usted es distinto.

El señor J. L. B. Matekoni permaneció en silencio. Había ocasiones en las que uno, si no quería lamentarlo durante el resto de su vida, no tenía más opción que lanzarse; pero cada vez que había intentado hablar con ella de lo que sentía, había fracasado. Ya le había preguntado si quería casarse con él y no había tenido mucho éxito. No era un hombre muy seguro de sí mismo, al menos no con la gente; naturalmente, los coches eran otra historia.

—Me encanta estar aquí sentado con usted...

Mma Ramotswe se volvió hacia él.

—¿Qué ha dicho?

—Le he dicho que, por favor, se case conmigo, mma Ramotswe. Soy un hombre humilde, pero, por favor, cásese conmigo y hágame feliz.

—Con mucho gusto —accedió mma Ramotswe.

áfrica
áfrica áfrica
áfrica áfrica áfrica
áfrica áfrica
áfrica

Otros títulos en Umbriel Editores

A la sombra del ombú

En la inmensidad absoluta de la pampa argentina, la silueta del ombú se yergue como un peregrino errante, sabio y orgulloso. Sus raíces se funden y expanden sobre la tierra como si buscaran aferrarse eternamente y declararle a todos que no existe ningún otro lugar en el mundo para ellas. Su grueso tronco acoge con delicadeza el juego de los niños. La serena sombra de su follaje invita al canto de los gauchos y, por supuesto, a la reflexión sobre la naturaleza, el paso de los días y el siempre incierto destino.

Para muchos, es un árbol mágico. Pero como todas las cosas maravillosas de este universo, su verdadera magia no radica tanto en lo evidente, como en lo que los ojos y el corazón de algunos privilegiados son capaces de percibir oculto tras la apariencia. Aquel era el caso de Sofía Solanas de O'Dwyer, quien desde pequeña tuvo perfecta conciencia de este hecho. A la protectora figura del ombú había confiado sus sueños infantiles, sus primeros deseos, el comienzo de su gran amor y, lamentablemente, también el inicio de su particular tragedia.

Hija de un hacendado argentino y una católica irlandesa, Sofía jamás pensó en que habría un momento que tendría que abandonar los campos de Santa Catalina. O quizás, simplemente, ante tanta ilusión y belleza, nunca pudo imaginar que su fuerte carácter la llevaría a cometer los errores más grandes de su vida.

Gramercy Park

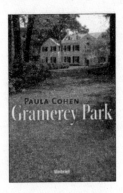

Pocos hechos pueden conmover tanto a una comunidad como la muerte de uno de sus personajes más selectos. Y si a este acontecimiento se le añade una herencia de miles de dólares, el asunto difícilmente deja a nadie indiferente. Por ello, resultó inevitable que la muerte de Henry Ogden Slade se convirtiera en la comidilla de la flor y nata neoyorquina. Un verdadero corrillo de murmuraciones que ya venía persiguiendo al viejo multimillonario, especialmente, durante sus últimos años de vida.

El motivo era simple. Tan sólo cuatro años antes de fallecer, Slade había decidido acoger, recluir y educar como a una hija, en su fastuosa mansión de Gramercy Park, a Clara Adler: una joven judía, cuya presencia dentro de la alta sociedad de Manhattan jamás había terminado de ser comprendida. Y menos ahora, cuando el testamento de su tutor la ha dejado en la más absoluta miseria.

Condenada al olvido, la desafortunada Clara habría desaparecido de las conversaciones en tan sólo un par de meses, de no ser por la aparición de Mario Alfieri... el tenor más famoso de Italia y de todo el planeta. En busca de un retiro y de una casa lujosa donde poder descansar, el gran artista europeo llega hasta Gramercy Park con la esperanza de encontrar su refugio.

Un rastro del pasado

La vida personal y profesional de la detective Kate Martinelli es un caos absoluto: Lee ha decidido darse un tiempo para reflexionar sobre su relación y ha abandonado San Francisco dejándola sola; los compañeros de Kate del departamento de homicidios parecen haberse puesto de acuerdo para hacerle el vacío y, para colmo, Jules Cameron, la nueva hijastra de Al Hawkin ha decidido elegirla para resolver la desaparición de un niño sin techo de quien sólo conoce el sobrenombre: Dio.

Kate no se siente con ánimos de jugar a detectives con una niña, pero desde siempre ha sentido una especial simpatía por Jules, cuya precocidad salta a la vista . Así que, en parte, buscando algún entretenimiento que le ayude a sobrellevar la escapada de Lee y, en parte, deseando cumplir con las expectativas que ha creado en su joven amiga, emprende la búsqueda de Dio. Sin embargo, la aventura pronto desemboca en una investigación mucho más peligrosa. Y Kate ya no está en condiciones de garantizar a Jules que su amigo no haya sufrido algún daño, ni siquiera de garantizar que Jules no vaya a ser la próxima víctima.

Visite nuestra web en:

www.umbrieleditores.com